내 나이가 나를
안아주었습니다

내 나이가 나를 안아주었습니다

1판 1쇄 발행 2018년 12월 23일
1판 3쇄 발행 2020년 1월 15일

지 은 이 신은경
펴 낸 이 신혜경
펴 낸 곳 마음의숲

대 표 권대웅
편 집 전태영 채수회
디 자 인 임정현 박기연
마 케 팅 노근수 허경아

출판등록 2006년 8월 1일(제2006-000159호)
주 소 서울특별시 마포구 와우산로30길 36 마음의숲빌딩(창전동 6-32)
전 화 (02) 322-3164~5 팩스 (02) 322-3166
이 메 일 maumsup@naver.com
인스타그램 @maumsup
용지 신승지류유통(주) 인쇄·제본 (주)상지사P&B

ISBN 979-11-6285-019-0 (03810)

*이 도서의 국립중앙도서관 출판예정도서목록(CIP)은 e-CIP홈페이지(http://www.nl.go.kr/ecip)와
국가자료공동목록시스템(http://www.nl.go.kr/kolisnet)에서 이용하실 수 있습니다.
(CIP제어번호: CIP2018040650)

전 KBS 9시 뉴스 앵커 **신은경**의
골든라이프 강의

내 나이가 나를 안아주었습니다

신은경 지음

마음의숲

나날이 계속 성장하는 인생을 위하여

5년 전 노년들을 위한 전문 신문에 칼럼 연재를 요청받았다. 노년에 관심을 두기엔 너무 이른 나이가 아닌가 생각했다. 그때만 해도 나는 50대 중반이었으니까. 남의 일 건너다보듯 한 달에 한 번 정도 쓰는 칼럼이 꽤 쌓여갔고 내 나이도 들어갔다. 실버 세대를 바라보는 나의 시각도 변해가고 비로소 나도 그들과 같은 세대가 되었다. 이 과정에서 깨달은 것은 나이 들어가는 일에 대해 진지하게 생각해야 할 때는 노년으로 들어섰을 때가 아닌 그보다 훨씬 이전, 바로 40~50대라는 점이다. 재정적인 부분도 그때부터 준비해야 하고 건강을 챙기는 일도 이를수록 더 좋다는 걸 알게 되었다. 그리고 백세시대를 향한 인생계획은 아주 이른 나이에 해야 하는 일이라는 중요한 사실도 절실히 느끼게 되었다. 돈이든 건강이든 인생철학이든 하루아침에 마음먹는다고 달라지는 일이 아니기 때문이다. 또 나이 들수록 바꾸기가 어려워지는 일이기도 하니 말이다.

〈백세시대신문〉에 5년 동안 연재했던 칼럼을 바탕으로 책을 준비했다. 신문칼럼이라는 한정된 지면이라 지워두었던 생각과 아껴두었던 말도 더 덧붙였다.

이 책은 훌륭하게 나이 드는 법에 대한 매뉴얼 북은 아니다. 《내 나이가 나를 안아주었습니다Embracing》라는 제목처럼 삶의 각 시절마다 나를 위로하고 포용해준 시간이라는 선물을 바라보는 나의 시선을 담담하게 쓴 글들이다. 돌아보니 칼럼을 쓰기 시작한 2013년, 50대였던 나의 목소리와, 책을 엮는 2018년, 인생을 바라보는 내 시선이 많이 달라졌다는 것을 느낀다.

나에게 골든에이지란 나의 외할머니와 어머니, 그리고 주변에 함께 나이 들어가는 사람들의 씩씩하고 건강한 모습이다. 그들을 바라보며 살아왔던 나의 느낌과 단상들이 여기에 있다. 그리고 지는 해가 아니라 또다시 불타오르는 불꽃으로 사는 골든에이지에게 용기와 힘을 북돋워주고 싶은 생각을 여기 담았다. 청년의 시대에 타오르는 불은 가까이 가기에 두렵기도 하고 자칫 너무 가까우면 델 위험도 있지만, 장년의 불꽃은 멀리서 보면 은은하고 가까이 가면 갈수록 따뜻하고 위로가 되는 불꽃이길 바란다.

1장에서는 '젊음보다 빛날 특별한 당신에게' 파이팅을 외쳐주는 마음을 담았다. 인생후반전을 승리로 이끌고 싶은 멋진 당신에게 하프타임을 어떻게 보내는 것이 좋을지 조심스레 제안하고 그분들을 응원하고 싶었다.

2장에선 아주 개인적인 나의 이야기들을 꺼내놓았다. 가족과 소통과 인간관계라는 주제를 통해 언제나 밝은 편에 서 있는 우리 인생이기를 소망해보았다. 그러자 '오늘도 나는 참 좋습니다' 하는 결론을 내리게 되었다.

마지막으로 3장에서는 뉴스 앵커로, 저널리즘을 강의하는 교수로서 바라보는 이 사회의 여러 가지 이슈를 생각해보았다. 특히 백세시대를 살아가는 우리 동시대인들이 마주하는 사회현상을 객관적으로 바라보기를 해보았다. 그리고 '이른 나이도 늦은 나이도 없다'는 자신감으로 젊은이도 장년도 모두 힘을 내어 행복한 사회를 만들어가기를 바라는 글을 담았다.

나이 듦에 대한 책을 더 많이 읽고, 노년에 대한 생각을 더 많이 하고, 에이징에 대한 정보를 더 찾아볼수록 하고 싶은 이야기는 더 많아지는 걸 느낀다. 그런 과정에서 하나로 모이는 생각은 살아가는 일은, 특히 늙어가는 일은 매뉴얼대로 가는 것이 아니라는 사실이다. 그러니까 가장 나답게 삶을 살아가는 것이 정답이다. 우리 인생은 삶에 대한 태도도 환경도 제각각이기 때문이다. 건강도, 재정도, 가족관계도, 일을 하고 그만두는 시기도 모두 다르기 때문이다.

이전에 책을 쓸 땐 '마무리'라는 생각이 많았다. 그동안 내가 생각했던 것, 연구했던 것의 최종 마무리라는 생각, 그동안의 지식과 지혜를 망라하여 총합체를 내놓으려고 전전긍긍했다. 그런데 이번에는 느낌이 사뭇 다르다. 이제 '시작'이라는 생각이 많이 든다. 이것으로 끝이 아니라 앞으로 할 일이 더 많다는 생각이다.

2년 전, 경희궁이 가까운 집으로 이사 왔다. 남편은 방 하나를 나의 작업실로 마련해주었다. 평소에 늘 노래 부르던 나의 소원이었기 때문이다. 그곳에 앉아 글을 썼다. 우리 집은 마당이 없는 공동주택이지만, 빛이 잘 드는 방이고 방 한 면을 차지하고 있는 커다란 창을 통해 골목 건너 큰 저택 마당에 있는 감나무며 사철 푸른 나무들이 마음껏 바라보이는 위치다. 지금처럼 이제 앞으로도 이 커다란 책상 앞에 앉아 노트북을 날마다 열어놓고 날마다 조금씩 글을 쓸 생각이다. 해마다, 혹은 2년에 한 번씩이라도 그동안 성장한, 사색한, 느낀 것들을 적어 모아 책으로 묶어내면 참 좋을 것 같다.

늙어가는 것이 아니라, 계속 성장하는 귀여운 할머니가 되어가면 좋겠다. 글 쓰는 일이 즐겁기도 하고, 그것을 통해 삶의 의미를 찾아 기록하고, 그것으로 성장하는 인생이었으면 참으로 행복할 것 같다. 이것이 내게는 가장 나답게 나이 드는 법이다.

2018년 한 해를 마무리하며
신은경

차례

2장_오늘도 나는 참 좋습니다

3장_이른 나이도 늦은 나이도 없습니다

1장

젊음보다 빛날 특별한 당신에게

"불평하고 슬퍼하기에는
인생은 너무 짧아요."

- 타샤 튜더

나답게 나이 드는 법

삶은 한 번뿐인데, 우리 사는 모습은 참으로 각양각색이다. 어차피 나이 드는 것은 모두 예외 없이 가야 하는 길이지만 어떻게 늙어가느냐는 각자의 선택이다. 너무 위대하고 훌륭하게 산 사람들의 인생은 우리 같은 보통사람에겐 따라 하기도 부담스럽지만, 나의 속도대로 차근차근 걸어가는 이 삶도 잘했다 칭찬받는 그런 삶이면 좋겠다.

나이 들어가는 지혜에 대해 여러 사람이 조언한다. 예금 잔고를 챙겨라, 근육 잔고를 위해서는 운동해라, 집에 앉아 있으면 안 된다, 밖으로 나가라, 사람들과 어울려라, 잘 노는 방법을 연구하고 연습하라, 나이 들수록 활발한 사회생활을 하라, 이것을 먹어라, 저것을 먹지 마라. 과연 이 모든 조언을 따라야 할까?

나답게 나이 들어가는 것이란 자기의 형편과 성격과 상황에 맞게 생활해나가는 것이라고 나는 생각한다. 사람의 생김이 각양각색이듯이 살아가는 모양도, 패턴도, 태도도 다르지 않겠는가. 다른 사람들의 말에 얇은 귀 기울이지 말고 가장 나답게 나이 드는 법을 각자 연구하자.

운동을 많이 해야 한다고 남들처럼 따라 하다가 자칫 관절이 상하거나, 족저근막염에 걸리거나, 부상을 당하기도 한다. 사람들과 많이 만나야 한다고 해서 관련된 모임마다 찾아다니다가는 오히려 에너지가 고갈될 수도 있다. 나 같은 사람은 사람들을 만나면 심리적 에너지가 많이 필요한 타입이라 여러 모임을 쫓아다니다 보면 체력도 에너지도 다 고갈되고 만다.

재산도 많고 적고를 떠나 자신의 철학에 따라 관리하면 된다. 가지고 있던 재산을 일찌감치 처분해 자식들에게 나누어 주고, 이후엔 집도 은행 잔고도 아무것도 없이 나라에서 주는 보장들을 알뜰히 챙기는 사람도 있다. 기초연금, 노령연금, 국민연금 등. 그런가 하면 그래도 세상 떠나기 전까지 내 것은 어느 정도 가지고 있다가 가는 게 자식들에게도 떳떳하고 든든하다며 독립적으로 살고 있는 사람도 있다. 각자 형편에 따라 현명하게 선택해야겠지만, 내 생각에 자식들에게 전 재산을 미리 다 나누어

주면 나중에 부모가 병들어 돈 쓸 곳이 생길 때 자식들에게 부담스러운 짐이 될 수도 있다.

예전에 내가 멘토로 모시며 잘 알고 지낸 멋쟁이 여성 경영인의 이야기가 생각난다. 사회적 네트워크가 폭넓고, 모임도, 사교활동도 무척 많은 분이셔서 어느 날 이렇게 여쭈었다.

"늘 많이 바쁘시죠?"

그랬더니 돌아오는 대답이 예상 밖이다.

"아니, 이젠 그리 바쁘게 지내지 않아요. 아는 사람, 반가운 사람만 만나기에도 내게 남은 시간이 짧아!"

이젠 좋은 사람하고 지내기에도 시간이 많지 않으니, 남 좋으라고 반갑지도 않은 모임에 억지로 나갈 생각은 없다는 말씀이었다. 한참 활동하던 30대 초반이던 나는 60대이신 그 여성의 말에 적잖이 충격을 받았다.

'아, 그럴 수도 있구나. 바쁜 것도, 바빠지지 않는 것도 다 선택하는 거구나. 그럴 수 있구나. 그래도 괜찮구나.'

살면서 불편한 것은 버려야지 억지로 끌고 가면 오히려 다른 것을 잃어버릴 수도 있다. 인간관계도, 나쁜 습관도, 오래된 앙금 같은 씻을 수 없는 감정도, 후회도 미련도 원망도. 이젠 버려도 누가 탓하지 않을 만큼 나이 들지 않았는가?

이제 막 사회에 발을 내디딘 20대 제자가 찾아와 이렇게 말한다.

"지금은 맘속에 분노가 참 많아요. 앞날이 확실치 않으니 불안하고, 선배도 후배도 모두 내 맘 같지 않은 것이 참을 수 없이 분노하게 만들어요."

나도 그의 말에 공감했다. 나이 드는 일이란 미래가 불확실해서 혹은 나와 같지 않아서 생기는 다른 사람에 대한 분노가 차츰 없어지는 것이다. 이제 아무렇지도 않은 게 많아졌다. 남과 같이 크게 성공하지 못했어도, 큰 재산을 모으지 못했어도 아무렇지 않고, 주름이 있어도 아무렇지 않고, 오래 입어 낡은 코트를 걸쳐도 아무렇지 않다.

시간이 지나고 남는 것은 가장 가까운 사람 그리고 그 관계다. 한 원로목사님은 나이가 들수록 세상을 구하는 일 같은 큰 비전은 이제 필요 없다고 말씀하신다. 내 가족을 살피고 그리고 자기 자신을 잘 돌보는 작은 비전이 가장 위대한 일이라 하신다. 자기 길을 가라고 한 외할아버지의 말씀대로 평생을 조각가로 대성한 최만린 선생도 일생 후회 없이 일한 예술가지만 인생 후반에 느끼는 아쉬움은 조랑조랑 자녀들이 어렸을 때 시간을 좀 더 내주지 못한 것이 후회스럽다고 했다. 물론 자녀들은 모두 훌륭하게 잘 자랐지만 말이다.

각자 처한 형편대로 나이 들어간다 해도 적어도 이것만은 마음에 두었으면 좋겠다. 너무 각박하지 말았으면, 그리고 각자 진정 행복하다고 느꼈으면 좋겠다는 것이다. 조금 넉넉하게 베풀고 남을 위해 살아도 갑자기 빈곤해지지는 않는다. 젊어서 한참 살 때는 그렇다 이해해도 이제 짐을 싸고 떠날 때를 앞두고는 주머니 끈이 조금 넉넉하고 헐거웠으면 좋겠다.

100세를 사신 김형석 선생님은 "이제 내가 나를 위해 할 일은 아무것도 없다"고 말씀하시며 더불어 사는 것이 행복하다고 이타적인 삶을 강조하신다. 그림책 작가 타샤 튜더는 미국 동부 볼티모어에 집을 짓고 아름다운 정원을 가꾸며 92세까지 살았다. "불평하고 슬퍼하기에는 인생은 너무 짧아요"라고 말하며 매 순간 꽃과 나무와 강아지와 그림과 더불어 행복한 삶을 살았다.

노년이여 부디 평안하자.
부디 행복하자.
부디 기뻐하자.
그렇게 나답게 나이 들어가자.

애프터 하프타임

지금 내 나이가 몇인지와 상관없이 인생을 성공으로 이끌기 위해서는 각자의 '후반전 인생'을 잘 계획해야 한다.

축구 경기는 전반전과 후반전이 있어서, 어떤 팀은 전반을 승리로 이끌어간 후 여유롭게 하프타임을 맞는다. 그러나 어떤 팀은 지는 경기로 전반전을 아쉽게 끝내기도 한다. 그러나 모든 선수들의 마음속에는 경기를 승리로 마무리하겠다는 공통적인 생각이 있다. 그래서 중간에 쉬는 시간인 하프타임에 물도 마시고 땀도 닦으며 전략을 짜기도 하는 것이다. 후반전을 승리로 이끌기 위해서 말이다.

인생에도 하프타임이 있다. 우리 인생도 축구 경기 같아서 어떤 사람은 전반 인생을 승리로 이끌어간 후 하프타임을 맞는다. 그러나 어떤 사람은 지는 경기로 전반전을 아쉽게 끝내기도 한다. 그러나 모든 사람은 인생경기에 승자가 되고 싶어 한다. 하프타임에 전략을 짜서 후반전 경기를 승리로 마무리하고 싶어 한다. 인생의 하프타임에는 결심해야 할 것이 있다. 나만을 위해, 그리고 나의 가족만을 위해 살았던 전반 인생과 달리 하프타임 이후의 후반전 인생은 남을 위해서 나의 가진 것을 맘껏 바치고 헌신하는 삶을 살겠다고 마음먹어야 한다는 것이다. 그래서 스스로에게 두 가지 질문을 한다. 첫째, '나는 누구인가?' 하고 묻는다. 과거와 현재 나의 삶의 모습을 돌아보고 내 삶의 목적을 깨달아보는 것이다. 그리고 두 번째 질문을 한다. '그렇다면 이 인생목적을 이루기 위해 후반전에는 무슨 일을 어떻게 하며 살아야 할 것인가?'

나는 나이 오십이 다 되어 하프타임을 맞았다. 인생 전반에는 전 국민이 알아봐주시는 아나운서로, 앵커로 지냈고, 외국에 나가 공부도 하고 박사학위도 받았다. 기쁜 일도 많았고 분에 넘치는 축복도 많이 받았다. 그런데 그 모든 것이 내가 잘나서 이룬 것이 아니라, 후반 인생을 위한 준비였다는 것을 깨달았다. 그러고 나서 나의 '인생사명선언'을 하기에 이르렀다. 그것은 바로 '지혜롭고 올바른 말하기를 연구하여, 강연과 집필과 방송을 통해 이 땅의 청소년, 청년, 여성, 직장인 등 많은 사람에게 전달하여 그들의 삶을 변화시키고 싶다'는 것이다. 놀랍게도 나는 그 이후 오늘까지 모두 이 인생사명선언 범주 안에서 다양한 일을 하며 지내고 있다.

방송에서 만난 키르기스의 선교사 내외 이야기도 후반전 인생을 어떻게 살아야 하는지를 멋지게 보여주었다.

양한출 선교사님. 50대 후반, 선교사로 떠나기엔 적지 않은 나이에 평신도인 양 선생님은 아내와 함께 무작정 키르기스로 떠났다. 그곳에서 일찍이 선교사로 일하던 처남은 고국에 들를 때마다 그런 이야기를 했다.

"인생 이모작 때는 선교사로 나가는 게 얼마나 보람 있고 훌륭한 일인지 모릅니다. 한번 생각해보세요."

그렇지만 그것은 자신이 할 수 있는 가장 마지막 선택이라고 생각했다. 선교사란 그 일을 위해 따로 태어난 특별한 사람이나 할 수 있는 일이라고 여겼기 때문이다. 더구나 자신은 혼기가 꽉 찬 자녀가 셋이나 있었다. 그 아이들 짝도 찾아야 하고 결혼 준비도 다 해주어야 하는 막중한 짐이 있었다. 그런데 자신도 상상하지 못하던 일을, 도저히 엄두가 나지 않던 그곳으로 발걸음을 옮기게 된 것이다.

모두의 염려와 걱정과 달리 두 분은 그곳의 고려인 2세들을 위해 10년 가까이 정성스런 사역을 펼치고 있다. 날마다 생활이 어려운 고려인 2세들을 찾아다니며 위로한다. 이발도 해드리고 노인대학을 운영하며 한국말로 노래도 가르치고 복음도 전해드린다. 류바라는 이름의 할머니는 자신의 할아버지에게서 들었던 고향 한국땅을 밟아보는 게 소원이라고 말했다. 그분뿐만 아니라 그곳에 살고 있는 고려인들은 '살아서 모국 방문, 죽어서 천국행'을 노래처럼 구호처럼 되뇌며 살고 있었다. 그들의 소망을 이루기 위해 양 선교사님 내외는 오늘도 쉬지 않고 일하고 있는 것이다.

손자손녀 재롱을 보며 편안하게 노년을 보내는 것 또한 복된 일이다. 치매를 예방하기 위해 운동을 하고 몸에 좋은 것으로 가려먹고 사는 것도 얼마나 행운인지 모른다. 그러나 자신의 후반전 인생을 남을 위해 아낌없이 내어준 양 선교사님처럼 도움이 필요한 사람들을 찾아다니느라 발이 쉴 틈이 없고, 어려운 이웃들을 돕느라 내 먹을 것을 아껴 함께 나누는 일은 더욱 복된 일이라 생각한다. 혼기에 처한 세 자녀를 남겨두고 떠난 선교사의 길이지만, 양 선교사님의 자녀들은 각자가 알아서 좋은 짝을 만났고 부모님이 결혼식에 맞추어 방문하기만 하면 될 정도로 자신들이 다 알아서 준비를 해놓았다고 한다.

고된 하루의 일과를 마치고 양 선교사님 내외는 보고픈 마음에 아들에게 전화를 건다. 며느리와 아들이 교대로 정이 가득한 안부를 묻는다. "그래 조만간 만나자……" 하며 전화를 끊은 사모님은 혼잣말처럼 조그맣게 말씀하셨다. "조만간, 언제?" 기약도 없고 그리움만 가득하지만, 두 사람의 후반전 인생은 승리의 종소리를 위해 멋지게 달려가고 있었다.

우리 모두 후반전 멋진 인생을 위해 전략을 짜는 하프타임을 갖도록 하자. 100세시대라고 해서 50세까지 기다릴 일이 아니다. 서른, 마흔에도 하프타임을 가질 수 있다. 벌써 일흔을 훌쩍 넘었다고 안타까워하지 않아도 된다. 70세에 하프타임 갖고 나머지 30년을 멋진 후반전으로 가꾼다면 그보다 더 멋진 인생이 어디 있겠는가? 서른에도 마흔에도 바삐 내달리던 걸음을 잠시 멈추고 땀도 닦고 전략적 하프타임을 가져보자. 이를수록 이득이다.

전략 없이 후반전 휘슬이 울리면 우왕좌왕하게 된다. 철저한 전략과 분명한 방향성이 있어야 다시 힘을 내어 전심을 다해 뛸 수 있다.

인생의 후반전은 속도도 중요하지만 무엇을 위해 어디로 달려갈지 방향성을 꼭 짚어보아야 한다. 나는 그것을 위해 충분한 사람인지 돌아보고 큰 꿈을 꾸어보도록 하자. 그러고 나서 '인생사명서'를 작성해보는 것이다.

우리 인생은 사막과 같아서 지도만 가지고서는 길을 찾을 수 없다고 스티브 도나휴는 《사막을 건너는 6가지 방법》에서 말했다. 사막에 모래 폭풍이 한 번 휩쓸고 가면 성공의 길은 온데간데없이 사라져버린다. 이때는 늘 방향을 가르쳐주는 나침반이 있어야 한다. 지도를 들고 성공의 길을 찾아 헤매고 있다면, 잠시 멈추고 나침반을 들여다보길 바란다. 내 몸 속에 내장된 내비게이션을 켜고 귀를 기울여보길 바란다. 나의 길이 보인다. 분명하게 입장 정리하고 다시 한 번 달려 나가보는 것이다.

내 인생의 하프타임, 바로 지금이다.

왕년의 나를 버리면……

크고 좋은 회사를 다니다 작은 데로는 옮겨도, 작은 회사 다니다 큰 데로 옮기긴 어렵다고 한창 왕성하게 활동하는 젊은이가 말했다. 처음 사회에 발을 딛을 때, 그 경력의 시작이 중요하다는 이야기였다. 그 말도 맞긴 맞다. 그러나 인생을 좀 살아보니, 왕년에 한자리 하던 사람은 이후 작고 보잘것없는 자리엔 체면 때문에 갈 수가 없고, 하잘것없는 일은 더욱 시작하기 힘들어하는 것을 흔히 볼 수 있다.

서울의 한 대로를 지나가다가 길가에 걸린 커다란 현수막을 하나 보았다. 거기엔 이렇게 쓰여 있었다.

'왕년의 나를 버리면……'

은퇴 후 할 일을 찾도록 도와주는 세미나가 열리는 모양이었다. 아마 그 조건절 뒤엔 '할 일이 보인다'든가 아니면 '일자리가 생긴다'든가 하는 표현이 있었던 것 같다.

왕년의 나를 버리면…….

남의 이야기가 아니다.

나는 1955년부터 1963년 사이, 이른바 베이비붐 세대에 태어난 베이비부머 중 한 사람이다. 옛말에 '인생은 60부터'라고 했지만, 이제는 '고생은 60부터'라고 말한다. 55세에 퇴직하고 나면 무얼 먹고 100세까지 사느냐는 걱정에서 나온 말이다. 연금만으로는 살기 어렵다는 얘기다. 그나마 연금이라도 나오는 사람은 참으로 축복받은 부류일 것이다.

통계청 발표에 따르면 앞으로 2026년이 되면 5명 중 한 명이 65세 이상 노인이라고 한다. 그가 바로 나다. 요즘은 남녀 불문하고 자기 영역에서 활발히 활동하다가 결혼 연령이 늦어지는 추세여서 자연히 늦은 나이에 출산하게 되고 자녀 수도 그만큼 줄어들게 되었다. 그러다 보니 은퇴를 앞두고 있는 사람들을 불안하게 하는 것은 늦게 낳은 자녀를 교육시켜야 하는 부담과 그 아이를 결혼까지 시켜야 한다는 점이다. 그나마 자녀들이 제때 직장을 잡고 제때 결혼이라도 해주면 고맙겠지만, 직장도 결혼도 불투명하여 부모님 신세를 지는 캥거루족들이 늘어나니 앞

날이 걱정스러울 정도다.

《은퇴가 없는 나라》를 쓴 김태유 박사는 이러한 모든 은퇴자의 고민을 개인이 떠안을 것이 아니라 국가가 정책적으로 해결해야 한다고 주장한다. 다시 말해 이들을 일하게 하는 '일하는 건강한 고령사회'를 만들기 위해 '이모작 인생 사회' 구조를 만들어야 한다고 설명한다.

인생의 첫 번째 농사가 고단하고 실패한 아마추어였다면 이모작은 고된 번식과 부양 의무에서 벗어나 시행착오 없는 프로로서 성공할 수 있다는 이야기다. 한강의 기적을 일으킨 세대이니 만큼 그들은 일할 의지도, 일할 능력도, 더욱이 일해야 하는 필요까지 다 있는 사람들인데 이들을 일할 수 없게 하는 사회구조가 재앙인 것이다.

외국의 고속도로를 가다 보면 톨게이트에서 상당히 나이 든 노인들이 요금을 받는 일을 한다. 스위스에서는 노인들에게 산의 일정 구간을 나누어 맡아 관리하게 하기도 한다. 그래서 자연을 훼손하려는 사람이 있으면 어느새 시니어 관리인이 산신령처럼 나타나 주의를 주고 사라진다고 한다.

어떤 이름으로도 좋다. '인생 이모작'이든, '하프타임 이후 후반전 인생'이든, '재능기부 봉사활동'이든, 모두가 아름답다. 돈을 벌기 위해서 나서다 보면 아무래도 '왕년의 나'가 하던 일과 크게 비교되는 허드렛일을 하게 될 수도 있다. '왕년의 나'의 보수와 비교하게 되어 스스로 초라해질 수도 있다.

그렇다면 우선 재능기부나 봉사활동을 시작해보는 것도 훌륭한 출발점이 될 수 있다. 주위를 둘러보면 이런 예는 종종 찾아볼 수 있다.

현직 경험을 살려서 후반전 인생을 빛나게 하는 사람들이 있다. 이제는 은퇴한 왕년의 아나운서 선배들이 자발적으로 모여 전국의 초·중·고등학교를 순회하며 아름다운 우리말 지킴이 역할을 톡톡히 하고 있다는 소식을 들었다. TV에 나오던 아나운서가 직접 자기 학교를 찾아와 아름다운 우리말을 가르쳐주니 학생들은 얼마나 신기하고 재미있었을까.

뿐만 아니라 전혀 새로운 분야에 용감하게 도전하는 분들도 있다. 자신이 하던 사무직을 떠나 다도를 연구하고, 그림을 그리고 사진을 찍어 전시회를 연다.

그런가 하면 보수나 지위와는 상관없이 새로운 일을 기꺼이, 즐겁게 하는 분들도 있다. 시니어 숲 해설가 중에는 교직에 계시던 분들이 많다. 초등학교 교장을 지낸 이재근 선생, 고등학교 수학교사였던 김석우 선생, 고등학교 교감이었던 박상인 선생 등은 숲 해설로 인생의 보람을 느끼고 있고, 건설회사에서 일하던 최명도 선생도 숲 해설가로 활동하고 있다. 지방 공무원으로 일하다 은퇴해서 그 지역 관광지에서 해설사로 일하시는 분도 여행 중에 만난 기억이 있다. 최근에는 우리나라에서 열 손가락 안에 드는 대형교회 중 하나인 지구촌 교회의 진재혁 목사님이 담임목사 자리를 내어놓고 케냐 선교사로 떠나신다는 뉴스를 보았다.

인생에 정답은 없다.
행복은 외줄타기가 아니다.
어디서든 무슨 일이든 하는 것이 중요하다.
아름다운 후반전 인생을 살며
기쁘고 보람된 일을 하는 분들께
존경의 마음을 담아 박수를 보내드리고 싶다.

제2의 이력

나는 요즘 폴 투르니에가 쓴 《노년의 의미》를 읽고 있다. 심리학과 기독교 상담 영역에 두루 관심을 보이는 저자는 인간적인 문제와 하나님과의 관계가 몸의 질병과 치료에 영향을 미친다는 '인격의학'을 만들어낸 스위스 출신의 정신의학자다. 그는 저녁시간 벽난로 앞에 환자와 마주앉아 한가한 대화를 나누는 것이 신체적인 질병 치료에 도움을 준다고 주장하는 의사다. 말하자면, 환자의 이야기를 들어주고 격려하며 함께 걱정하고 고민을 이해해주며 함께 삶을 나누는 것이 어떤 약보다도 효과적이라는 얘기다.

이 책을 들고 다니는 나를 본 사람들은 책 표지와 내 얼굴을 번갈아 보면서 '아직 그 책을 읽을 나이는 아니잖아' 하며 의아한 표정을 짓는다.

그의 나이 72세에 쓴 이 책에서는 노년을 잘 보내기 위한 방법을 제시한다. 곧 노년을 잘 보내기 위해서는 젊었을 때 열심히 일해 돈을 벌어두는 것이 아니라 노년을 즐겁고 보람 있게 보낼 즐거운 여러 가지를 미리 배워두고 연습해야 한다고 말한다. 그리고 그 타이밍은 은퇴하는 60대 이후가 아니라 한참 바삐 일하는 40대나 50대에 해야 한다고 폴 투르니에는 주장한다. 그러니 지금 내 나이에 이 책을 읽는 것은 아주 적절한 선택인 셈이다.

은퇴 후 사람들을 힘들게 하는 것은 허탈함과 상실감이다. 더 이상 자신이 필요한 곳이 없다는 것을 느끼며 원망과 낙심으로 자신이 쓸모없는 존재라고 생각하기 마련이다. 그러나 은퇴 후 시간 관리를 잘하는 사람들도 있다. 어떤 이는 은퇴 후에도 이전과 마찬가지로 이른 아침에 일어나고 어디론가 출근하기도 한다. 내가 아는 사회 저명인사는 매일 아침 단정하게 옷을 차려입고 2층 자신의 서재로 '출근'을 한다. 그곳에서 종일 책을 읽고 연구를 하다가 아래층으로 '퇴근'을 한다는 이야기를 들었다. 교사였던 나의 고모부는 젊어서 꾸준히 테니스를 즐기시던 분인데 여든이 훌쩍 넘은 나이에도 일주일에 한 번씩은 친구들과 만나 테니스를 치기 위해 2시간 거리를 운전하여 간다며 노익장을 과시했다. 어떤 40대 교수는 고단한 일정 가운데에서도 일주일에 한 번씩 미술교실을 찾아 그림을 그린다. 그림을 그리는 동안은 세상 모든 고단함을 완전히 잊게 된다고 말한다. 이런 사람은 은퇴 후 행복한 삶을 착실히 연습하고 있는 셈이다.

그런데 바람직한 '노년의 의미'에서 눈길을 끄는 한 가지 단어가 바로 '제2의 이력'이라는 용어다. 직업상의 이력과 비교해서 '제2의 이력'이란 단순한 여가활동이나 취미생활과 조금 다른 차원의 의미를 가지고 있다. 제2의 이력은 여가활동에 비해 다른 동기, 상대적으로 사회성을 띤 동기에서 시작된다. 또 성실하고 이기적이지 않은 마음가짐을 요구하며, 조직적으로 행해지는 어떤 목적이나 사명을 띤다고 정의한다. 돈을 버는 직업과 관계가 없기 때문에 의무적이지는 않지만 인간에 대한 사랑이 우선돼야 한다고 한다.

폴 투르니에가 말하는 제2의 이력은 차원이 조금 다르다. '현실세계로부터의 도피가 아니라 참여'라는 얘기인데, 예를 들어 취미로 노인 건강교실을 다닌다고 가정해보자. 배움으로 인해 건강에 더욱 관심을 갖게 되고, 헬스케어 강사가 되어 전국을 순회한다든가, 아니면 강사가 되지는 못했다 하더라도 전문 강사를 모시고, 관심 있는 은퇴자들을 모으고, 시간표를 짜서 지역사회를 위한 노인 건강교실을 새롭게 운영할 수도 있다는 것이다. 그들이 모여 지역 아동들이나 장애인들에게 가르치며 봉사하는 생활을 할 수 있다. 그런 의미에서 제2의 이력은 봉사의 차원이며 문화적인 성격을 띤다.

생각할 거리를 많이 제공하는 책이어서 천천히 음미하고 읽다가 딸아이에게 물었다.

"엄마는 어떤 제2의 이력을 가지면 좋을까?"

그랬더니 딸아이의 대답이 놀랍다.

"엄만 이미 제2의 이력에 들어섰잖아."

그러고 보니 그렇기도 하다. 전성기에 전문 방송인이었던 내가 이제는 직업으로의 방송인이 아니라, 봉사와 사명으로 하는 방송을 하고, 말하기의 전문성을 바탕으로 전국 곳곳을 다니며 동기부여 강연을 하고 있다. 그리고 후학들을 지도하러 먼 길을 오가는 나의 요즘 생활은 분명 '성공과 명성과 돈'을 위한 일이 아니라 '봉사와 사명'의 이력임이 확실하다.

누구나 제2의 이력을 가질 수 있다. 일단 작은 일부터 시작해보자. 관심이 가는 강연을 들으러 다녀보고 작은 일이라도 참여해보자. 바쁜 손을 덜어주는 도우미 역할이든 보조자 역할이든 우선 비경험자로 참여해보는 것이다. 그러고 나서 다음 단계의 일을 위해 스스로를 교육시키고 참여 범위를 좀 더 넓혀나가는 것이다. 봉사나 문화적인 차원의 일이 은퇴 후 제2의 이력으로 적당하다고 생각한다. 관심과 기회는 너무나 다양하기 때문에 끊임없이 고민하고 연구하여 자신에게 가장 잘 맞는 제2의 이력을 찾아보는 자세가 좋으리라 생각한다.

시계를 거꾸로 돌리며 사는 법

할 수만 있다면 시간을 거꾸로 돌리고 싶은 때가 있다. 빛나는 젊은 시절이 그리워서이기도 하고, 실수와 착오의 연속이었던 지난날을 고쳐 다시 살고 싶기 때문일 수도 있다. 그러나 시간은 쏘아놓은 화살처럼 앞으로만 날아갈 뿐, 돌이킨다는 것은 말도 안 되는 소리다.

그런데 꼭 그렇지도 않다고 주장하는 사람이 있다. 조금만 마음을 써서 생각해보면 노화도 거꾸로 돌릴 수 있고 질병도 치료하고, 공부하는 자세도 바꿀 수 있다는 것이다. 하버드 대학 심리학 교수 엘렌 랭어의 '마음챙김mindfulness'이 바로 그런 내용이다.

몇 년 전 엘렌 랭어 박사의 강의를 들을 기회가 있었다. 그녀는 우리나라에서 열린 글로벌 인재포럼에 초대된 유명 연사 중 한 사람으로 한국을 찾았다. 기조강연과 본강연 두 번에 걸친 특강을 들으며 참으로 흥미로운 접근에 마음이 끌렸다. 특히 1979년에 진행된 랭어 박사의 '시계 거꾸로 돌리기 연구 Counterclockwise study'라고 부르는 실험은 아주 흥미로웠다. 실험은 70~80대 노인 8명이 시간의 흐름을 감지할 수 없는 조용한 수도원을 찾는 것으로 시작된다. 그리고 이곳을 20년 전으로 재연, 곧 1959년의 삶을 살 수 있는 곳으로 만들었다.

노인들은 그 마을에 가서 일주일을 함께 보내며 그 시절의 TV 프로그램과 잡지를 읽고, 그때 유행하던 옷을 입으며 그 시절 음식을 먹었다. 이때 모든 대화는 1959년 현재형이다. 〈벤허〉, 〈북북서로 진로를 돌려라〉 같은 영화를 보고, 그 시대의 정치적 현안과 사회적인 문제를 토론했다. 상상컨대, 그 집에 거울은 없었을 듯하다. 거울을 들여다보는 순간, 자신이 50대라고 생각해 행동하고 말한 것이 온통 깨져버리는 순간일 테니까.

자신의 몸 하나 가눌 수 없는(아니, 가눌 수 없다고 평가되고 자신도 그렇다고 철석같이 믿어온) 노인들은 처음 도착할 때는 장성한 자녀의 극진한 도움을 받고 실험 장소에 왔다. 참가자들은 이곳에서 무거운 짐을 스스로 옮기는 일부터 모든 불가능한 것에 도전해야 했다.

일주일간의 실험기간이 지나자 놀라운 결과가 나타났다. 청력과 기억력이 향상됐고, 근육이 빠진 몸에 체중도 1.5kg이 늘었다. 손의 쥐는 힘도 향상되고, 관절이 더 유연해져서 구부러진 손가락이 좀 더 펴졌다. 키, 몸무게, 걸음걸이, 자세 모두 좋아졌다. 연구를 시작할 때 찍은 단체사진보다 일주일간의 실험 참여 후 찍은 사진에선 모두가 훨씬 더 젊어 보였고 활기가 넘쳤다. 물론 20년 젊어진 것은 아니지만 말이다.

랭어 박사는 '마인드 셋'이나 '맥락'이라는 단어를 사용한다. 생각하기 나름, 마음먹기 나름이라는 것이다. 노화를 긍정적으로 바라보는 사람들이 부정적인 사람들보다 평균 7년 반을 더 산다고 한다. 그리고 같은 나이 또래의 사람이라도, 늦은 나이에 어린 자녀가 있으면 젊게 오래 산다고 한다. 이른 나이에 결혼해 일찌감치 할아버지 할머니가 되는 옛날과 비교해, 여성들의 활발한 사회활동으로 결혼과 출산이 늦어지고, 늦둥이 출산을 하게 되는 것이 백세시대를 가져오는 데 큰 역할을 한 것이 아닌지 추측해보게 된다.

마음챙김과 관련해, 말하기를 가르치면서 사용한 나의 독특한 방법을 랭어 박사에게 이야기해드렸다. 말하자면 60~70대 발표자에게는 혈기 넘치던 자신의 30대를 상상하며 스피치하라고 조언하는 것이다. 랭어 박사의 '시계 거꾸로 돌리기 기법'이 적용되는 순간이다. 반면 20대 대학생들에게 대중 앞에서의 발표를 가르칠 때는 마음속으로 '나는 성공한 50대 CEO다'라고 생각하고 발표하도록 시킨다. 그랬더니 똑같은 사람이 똑같은 내용을 발표하면서도 확연히 다른 프레젠테이션을 하는 것을 발견하게 됐다. 자신감이 넘치고 당당한 스피치를 하게 되더라는 말이다.

이 말을 들은 랭어 박사는 "그건 시계를 '앞으로 더 빨리 돌리는 것'이로군요" 하며 재미있어했다. 강연을 들은 이후 이를 요즘 여러 가지 상황에 적용해보고 있다.

말하기 수업 중 3분 스피치 발표 때에는 '설정'이라는 코너를 마련하고 학생들에게 미래의 상황을 설정해보고 스피치를 해보도록 했다. 예를 들어 모터바이크를 판매하는 세일즈맨이 되어보기도 하고, 구청장 후보가 되어 선거연설을 해보기도 했다. 안티에이징 신약을 개발한 학자가 되어 학회에서 중대한 발표를 하는 상황을 설정하고 프레젠테이션을 해보았다. 그랬더니 20대 초반의 젊은이가 수업시간에 평가받기 위해서 하는 발표라고 하기엔 믿을 수 없을 정도로 당당하고 자신있게 말하는 것을 발견했다.

나 또한 수많은 청중 앞에서 대중강연을 할 때면 '30대 한창 때의 뉴스 앵커 신은경'처럼 이야기를 한다. 자신만만하게 열정적으로 그리고 앞에 있는 청중이 '그 시절의 신은경'을 바라보는 것처럼 박수도 유도하고 나서 스피치에 임한다. 결과는? 물론, 성공적이다.

하루에도 여러 번,
시계를 거꾸로 돌리는 일,
혹은 앞으로 당겨 가보는 일,
똑같은 상황을 다르게 해석하고 그렇게 반응해보는 일,
일도 게임처럼, 공부도 호기심으로,
삶도 연극무대처럼 시도해보길 바란다.
그 결과가 꽤 괜찮다.

나이가 들수록 웃어야 하는 이유

'전염된다', '감염된다'.

얼핏 나쁜 병을 일컬을 때 사용하는 단어라고 생각할 것이다. 그러나 이는 스탠퍼드 대학의 윌리엄 프라이 박사가 '웃음'을 설명하면서 사용한 표현이다. 그는 이렇게 말했다.

"웃음은 전염된다. 웃음은 감염된다. 이 둘은 모두 건강에 좋다."

웃는 얼굴은 분명 돈 안 들이고 확실히 성공하는 방법이다. 그를 보는 상대방 사람에게도 보기 좋을 뿐만 아니라, 웃는 자신에게는 더욱 더 좋다. 특히 건강에 좋다. 웃으면 650개 근육 중 231개 근육이 움직이게 되어 많은 에너지가 소모된다고 한다. 한 번 크게 웃으면 5분간 에어로빅을 한 것과 같은 효과가 있다고 말하는 사람도 있다.

웃음은 몸의 혈액순환에도 좋을 뿐 아니라, 인생의 혈액순환에도 큰 역할을 한다. 웃는 얼굴은 긍정적이고 미래지향적으로 보인다. 그리고 자신감과 친근감, 신뢰감을 준다. 얼굴의 웃음만큼 그들의 마음까지도 진실하고 밝다면 더할 나위 없이 좋을 것이다. 진심으로 기쁜 미소를 지어야 보기도 좋다.

그런데 최근 보도를 보니 업무상 형식적으로 짓는 미소도 건강에 미치는 좋은 영향은 비슷하다고 한다. 이른바 '항공기 승무원의 미소'처럼 직업상 반드시 필요해서 짓는 미소도 건강에 좋다는 이야기다. 얼굴 근육이 웃는 모드로 바뀌면 우리의 뇌는 저절로 좋은 호르몬을 방출한다는 연구결과다. 그럴듯한 얘기다. 미인대회에 나가면 예쁘게 웃는 법을 배운다고 한다. 보통은 윗니가 좌우 합쳐 8개가 보이면 미인의 아름다운 미소가 된다.

말이 그렇지 사실 웃는 얼굴을 한다는 게 그리 쉬운 일이 아니다. 왜냐하면 웃는 얼굴은 얼굴의 근육이 웃어야 하는 것이므로 평소 웃는 연습이 되어 있지 않으면 갑자기 미소 짓기가 보통 힘든 일이 아니다. 처음엔 웃어보아도 왠지 내 얼굴 같지가 않다. 마치 하회탈 가면을 쓴 듯하다. 그러면 어떻게 해야 할까? 계속 거울을 보고 연습해야 한다. 가면이 실물이 될 때까지 말이다. 요즘 이름을 날리는 한류스타의 사진을 한 장 앞에 놓아

두고 따라 웃어보는 것도 좋은 방법이라고 생각한다.

대학의 수업에서 내가 학생들에게 늘 강조하는 것이 바로 '경청력'이라는 독특한 실력이다. 강의 주제를 막론하고 이러한 능력을 학생들에게 강조하는 이유는 잘 듣는 것이야말로, 말 잘하는 실력의 맨 앞에 반드시 있어야 할 중요한 자질이라고 생각하기 때문이다. 이 경청력에는 밝게 웃는 얼굴로, 말하는 사람을 열심히 쳐다보며, 적절하게 반응하는 것이 포함된다.

날씨가 더운 오후 시간 수업에선 자칫 이 경청력을 발휘하기가 어려운 때도 있다. 그래서 내 딴엔 분위기를 바꾸어보기 위해 어디서 들은 유머를 하나 옮겨본다. 웃음이 터져 나와야 하는 시점이 되었는데도 학생들의 얼굴에 변화가 없다. 실망한 나는 "이럴 땐 크게 웃어주어야지"라고 솔직히 말하며 섭섭함을 감추지 못한다. 그제야 학생들이 갑자기 책상을 치고 발을 구르며 큰 소리로 웃음을 터뜨린다. 민망하기가 이를 데 없다. 그러나 이렇게라도 웃어주는 학생들이 고마웠다. 내 딸아이의 표현대로 학생들이 나를 '긍휼히 여겨준' 덕분이었다. 간신히 민망함을 추스르고 나서 학생들에게 단단히 일러둔다. 다음 번에 누군가 재미있는 이야기를 아무리 재미없이 말한다 해도 이렇게 책상을 두드리며 웃어주어야 한다고.

미국의 코미디언 밥 호프는 이렇게 말했다.

"나는 웃음의 능력을 보아왔다. 웃음은 거의 참을 수 없는 슬픔을 참을 수 있는 어떤 것으로, 더 나아가 희망적인 것으로 바꾸어줄 수 있다."

그렇다. 나이가 들면서 정말 정신 차리고 신경 써야 하는 것은 얼굴에 웃음이 얼마나 머무는가 하는 것이다. 시간이 흐를수록 뺨의 살은 중력에 의해 점점 아래로 처지기 때문에 가만히 무표정하게 있어도 나이 든 사람은 우울하고 슬픈 표정이 된다. 애써 입꼬리를 올리는 연습을 게을리하지 말고, 만나는 사람마다 반가운 미소를 전해보자.

우리는 하루에 얼마나 웃고 사는가?

당신이 웃는 얼굴을 하면 당신을 바라보는 모든 사람이 당신에게 미소를 보낼 것이다.

웃어라!

그러면 당신을 바라보는 이가 모두 웃고 있을 것이다.

울어보라!

그러면 당신 혼자 울고 있을 것이다.

스트레스는 건강의 적이고 웃음은 그 치료제다.

건강하고 싶다면, 오래 살고 싶다면, 크게 웃자.
아름다운 세상을 만들고 싶다면 먼저 웃자.
웃음은 감염된다.

행복한 호모 헌드레드의 삶

100세까지 장수하는 것이 보편화된 이 시대의 인간을 지칭하는 말로 '호모 헌드레드homo-hundred'라는 용어가 사용되고 있다. 전 세계적으로 실버 세대 숫자가 늘어나는 추세이나, 특히 일본의 노인 숫자는 전체 인구 중 35% 정도를 차지하고 있어 OECD 국가 중 기대수명이 가장 높은 나라로 알려져 있다. 사회의 여러 가지 면에서 일본에서 일어나는 현상이 10년 후 한국에서 그대로 생겨나는 경우가 많다.

일본에서는 100세를 맞는 노인에게 은으로 만든 '사카즈키'라는 이름의 일본 전통술잔을 나라에서 선물한다. 잔 안쪽에는 축복과 장수를 의미하는 '고코부키壽'라는 한자가 새겨 있다. 모두

99.9% 순은으로 만든 잔이라고 한다. 그러나 최근 일본은 이 선물 때문에 고민에 빠졌다. 1963년에 처음 이 제도를 시행할 때만 해도 100세 노인이 153명이었는데 반세기가 지난 지금 100세를 맞는 인구가 190배나 늘어 매년 3만 명 가까운 100세 노인이 나오고 있어서다.

제도 초기에는 약 7만 원 단가의 이 선물을 나라에서 준비하는 것쯤은 그리 큰 문제가 아니었을 것이다. 그러나 지금은 순은 잔을 만드는 데 예산만 25억 원 정도가 들게 됐다. 일본은 고심 끝에 위원회를 결성해 의논했다. 그 결과 제도를 없애자는 의견과 그랬다간 너무 섭섭하지 않겠느냐는 의견, 그렇다면 꼭 순은이 아니면 어떻겠느냐, 안에는 구리·니켈·아연을 섞어 만들고 겉에만 은 도금을 하는 방안 등 다양한 의견이 나왔다고 한다.

순은 잔을 받든, 은도금 잔을 받든 100세를 잘 살아온 노인에게 나라가 인정하고 알아준다는 뜻이니 참 반가운 것은 분명하다. 일본에는 워낙 고령자가 많다 보니, 100세에도 여전히 직장에 출근하는 샐러리맨, 강연하고 진료하는 의사선생님, 책을 내고 글을 쓰는 작가들도 있다. 그런가 하면 60세 이상의 노인만 고용하는 회사가 있어 칭찬을 받기도 한다. 이 세상에서의 삶이 끝나면 영원한 하늘나라가 있지만, 이 땅에 사는 동안에도 참으로 가치 있고 기쁜 날들이어야 그 의미가 있지 않을까?

'호모 헌드레드'는 건강하게 오래도록 기쁨을 누리고 살 때 그 가치가 빛난다. 노인 나이의 정의를 65세에서 75세로 연장하자는 신노인 운동을 펼치기도 했던 히노하라 시게아키 박사의 주장은 지금 생각해보면 참 맞는 이야기다. 요즘 누가 60세 환갑잔치를 하며, 청년 같은 70대도 곳곳에서 활발하게 활동하고 있으니 말이다.

우리나라도 100세가 된 노인에게는 대통령이 '청려장'이라는 이름의 명아주로 만든 장수 지팡이를 드린다고 한다. 우리도 10년 후쯤 이 장수 지팡이 만드는 예산이 너무 많다고 논의를 해야 하는 때가 올지도 모른다. 노인이라 칭하는 나이가 몇 살이어야 하는지는 벌써부터 논란이 많다.

UN이 전 세계 인류의 체질과 평균수명을 측정하여 발표한 '새로운 연령대'에 따르면, 18세부터 65세까지는 청년이고, 65세부터 80세까지는 장년, 그리고 노년은 80세부터 99세까지, 100세에 이르러서야 비로소 노인이라고 칭한다고 했다. 듣기만 해도 기분 좋아지는 기쁜 소식이다.

그런데 '아직 청년이네', '노인인 줄 알고 살았더니 아직도 장년이라네' 하면서 기뻐만 하기엔 고단한 문제들이 존재한다.

몇 살을 노인이라 할지, 100세 노인에게 무슨 선물을 줘야 할지도 중요하지만 건강하고 행복하게 존중받으며 살아갈 '호모 헌드레드'의 삶은 과연 어떤 것이고, 그 삶을 나라가 어떻게 만들어 줘야 하는지 진지하게 논의하는 것이 가장 시급한 일이다.

일본에서 경범죄를 저지르는 사람 중 35.1%가 60세 이상 노인이라는 보도가 나온 적이 있다. 내용을 자세히 들여다보니, 홀로 사는 노인들이 생계를 유지하기도 어렵고 고독함을 이기지 못하여 '자발적으로 감옥행'을 한다는 영국 《파이낸셜타임즈》의 보도였다.(2016. 3. 27.) 이쯤 되면 노인의 고독감이나 빈곤은 국가 시스템 문제로 대두되는 것이다.

건강하고 행복하게 오래 살아야 축복이지, 누워서 앓으며 가난하고 외롭게 소외되어 100세를 살면 그것이 무슨 기쁨이라 할 수 있겠는가. 100세를 기념해 일회성 선물을 하는 것뿐만 아니라 100세까지 행복하게 삶을 영위할 수 있도록 국가와 지방자치단체, 국민이 모두 지혜를 모아야 할 때다.

올해는 당신의
생애 최고의 해가 될 것입니다

새해가 되면 대학에서는 교직원들이 시무식을 한다. 공식적인 행사 이후 한 교수님이 내게 다가오며 이렇게 새해 인사를 하셨다.

"올해는 당신의 생애 최고의 해가 될 것입니다."

나는 눈이 둥그레져 아주 진지하게 되물었다.

"저요? 정말요? 무슨 근거로요?"

순진하기도 하지. 가만히 상황 파악을 하고 보니 꼭 나에게만 한 이야기는 아닌 듯했다. 그런데 솔직히 그 말을 듣는 순간 상당히 호기심이 발동하고 기분이 좋은 건 사실이었다.

이어 학교 뒷산으로 등산이 이어졌다. 새해를 산의 기운을 마시면서 활기차게 시작한다는 의미다. 그러나 그중에도 산 오르기를 별로 좋아하지 않는 부류가 있다. 말하자면 무릎에 고장이 난 사람이라든가, 발목이 시원찮은 사람이라든가, 땀 흘리기를 귀찮아하는 사람이다. 포천 학교로 2시간 가까이 운전하며 출근한 것만으로도 이미 체력이 바닥이 난 나는 그 '남겨진 자' 무리에 끼어 오랜만에 친교 시간을 보냈다.

교수 연구실로는 드물게 두 면이 모두 유리로 된 나의 연구실에서 세 사람이 모여 앉아 시간을 보내기로 했다. 등산 간 사람들이 내려올 때까지 기다려야 학교 식당에서 나오는 특별식인 떡국을 먹을 수 있기 때문이었다. 겨울 아침 햇살이 축복처럼 쏟아져 들어왔다. 여러 가지 이야기 끝에 직장생활을 잘하는 비법, 인생의 어려움을 헤쳐 나가는 방법을 각각 한 가지씩 공개하게 됐다.

언제나 쾌활하고 얼굴 한가득 웃음이 떠나지 않는 최 교수가 이렇게 말했다 .

"저는 늘 '리셋'을 외쳐요. 힘든 하루를 지나고 나서 하룻밤 자고 나면 또다시 '리셋', 점심 먹고 나서도 또다시 '리셋'. 그러면 늘 새 힘이 나지요."

이어 옆에 있던 강 교수님이 깜짝 발언을 하셨다. 아직 누구에게도 말하지 않은 자신의 비전에 대해서다. 교수 중창단에서도 활동하시며 에너지가 충만하고 인품이 좋으신 강 교수님은 인생에 중대한 리셋을 하기로 마음먹었다고 말한다.

"저는 우간다에 가려 합니다."

오래전부터 꾸어온 꿈 우간다 대학으로 가고 싶다는 것이다. 그로부터 꼭 2년 후 강 교수님은 정말 우간다 대학 선교사로 떠나셨다.

리셋? 그것 참 괜찮은 방법이라고 생각됐다. 전자 용어에서 '리셋reset'이란 컴퓨터에서 실행해 처리한 결과가 프로그램 실수나 조작 실수로 바르지 않을 때 그 실수를 정정하기 위해 하는 것을 말한다. 곧 '초기화', 다시 맞춘다는 뜻이다. 뭔가 잘 되지 않을 때, 어떤 실수로 이대로 가다가는 계속 실패할 것이 뻔할 때, 글자 그대로 '다시re 놓기set'를 하는 것이다.

뻔히 실수인 줄 알고도 초기화하지 않으면 희망은 영원히 없다. 주위를 돌아보니 우리도 삶에 리셋을 꽤 많이 하고 있었다. 사실 새해 새 달력을 걸어놓는 것도 리셋이고, 시간이 잘못 맞춰진 시계를 다시 맞출 때도 리셋 버튼을 누른다. 새해 수첩을 마련하고, 신년 계획을 세우고, 운동 계획표를 다시 짜보기도 한다. 지난해 섣달 그믐날의 태양이나 새해 첫날의 태양이 조금도 다르지 않지만 우리는 새해 태양이 특별히 새로운 것이기를 바라며 삶을 리셋하기 위해 새해 해맞이를 하러 동해안에 그렇게 모이는 것이 아닐까.

"올해는 당신의 생애 최고의 해가 될 것입니다."

아침에 들은 덕담 덕분에 내 인생이 '리셋'되는 순간이었다.

그래, 고단했던 지나간 날들은 잊고 새롭게 '다시 시도' 단추를 눌러보자. 열정과 희망과 자신감으로 초기화해보자.

시드니 그린버그의 〈노인과 청년의 차이〉라는 글이 생각났다. 그에 따르면 인생이 뜻대로 안 된다고 꿈을 포기하고, 공상만 하고, 아름다움에 대한 관심을 잃어버리고, 자신의 고독만을 묵상하고 있다면 노인이라고 했다.

우리는 늙었기 때문에 놀 수 없어진 게 아니라 놀지 않다 보니 늙어가고 있었다. 그러나 즐길 것을 즐길 줄 알고, 아직도 꿈을 꾸고 있고, 매력적인 사람이 되고자 노력하고, 아직도 사랑을 찾고 있다면 청년이다.

해가 바뀔 때마다, 아니 새로운 달을 맞을 때, 혹은 하루 해가 밝을 때마다 새로운 마음으로 내 인생을 리셋 해보기로 하자.

"오늘은 당신의 생애 가장 멋진 날이 될 것입니다"라고 외치면서 말이다.

은퇴자들이여
차차차 하세요

공공기관에서 근무할 때의 일이다. 어느 날 점심에 정년을 맞아 은퇴하시는 임원 두 분과 식사를 같이 한 적이 있다. 한 분은 20여 년 교사로 재직하시다가 청소년 기관에 와서 16년을 또 봉직하셨고, 또 한 분은 공무원으로 오래 일하시다가 직장생활 중 마지막 6년을 그곳에서 아름답게 장식하셨다. 은퇴 후 앞으로 무엇을 해야 할지, 막상 은퇴하는 마음이 어떤지 여러 가지 이야기를 나눴다.

사람이 평생 해온 일을 마무리하는 시점에서 하는 말의 내용은 모두 아름답다. 즐거웠던 기억과 감사한 것들뿐이다. 물론 부족하고 아쉬운 점도 없진 않겠지만, 그것이 후회라고 느껴지진 않았다. 그동안 자신의 일에 파묻혀 가족들을 희생하게만 했던 것 같아 아쉽고 미안한 마음이 들었다고 한다. 그래서 앞으로는 아내를 위해서 시간을 내고, 건강을 위해 규칙적인 생활을 꿈꾸고, 자녀들의 미래를 생각하며 어떻게 좋은 부모로 살아갈지 계획하고 있다고 했다. 삶을 충실하게 살아온 사람의 겸손한 고백이었고, 그동안 열정을 바쳐온 자신의 일에 대한 존경심과 애틋함이 배어 있었다.

이렇게 은퇴를 하는 가장은 이제 평생 동안 하지 못했던 아내에 대한 봉사, 그리고 자식에 대한 좋은 아빠 역할을 한꺼번에 할 태세를 갖추고 의기양양 집으로 돌아온다. 아내와 함께 밥도 먹고 영화도 보고, 산에도 오르고, 친구들을 만날 때도 부부동반으로 만날 꿈을 꾼다. 자녀들의 생활에도 세세히 관심을 갖고 시시콜콜 조언을 하게 된다.

그런데 이런 과다한 봉사에 익숙하지 않은 아내와 자녀들에게 은퇴한 가장과의 새로운 생활은 어색하고 불편할 수도 있다는 것을 생각해보았으면 한다. 뿐만 아니라 시시각각 변화하는 사회에 살고 있는 현대인들에게는 은퇴시기가 모두 똑같은 것도 아니고 은퇴에 대한 생각도 좀 더 유연하고 다양해졌으면 한다. 60세 혹은 65세에 은퇴하는 사람도 있지만, 40세에, 혹은 70세 이후에 자기 의사에 따라 자기 일을 마치는 사람도 있다. 건강상

태도 천차만별이다.

우선, 가족 구성원 누구라도 은퇴했다고 너무 긴장하거나 비장한 각오를 하지 않았으면 좋겠다는 것이 나의 생각이다. 은퇴했다고 반드시 아내와 많은 시간을 보내야 하는 것도 아니고 그동안 못했던 평생의 봉사를 다 해야 하는 것도 아닐 것이다. 아내나 자녀도 마찬가지다. 각각 지금까지 해온 대로 서로 너무 긴장하지 말고 유연하게 대했으면 좋겠다는 생각이다. 집집마다 사정이 다르고 인생에 정답은 없기 때문이다.

내가 근무했던 KBS에 몸담았던 사원들이 모여 만든 사우회 활동을 보니 정말 다양하게 은퇴 후 삶을 살고 있었다. 여행을 계획하고, 다도를 배우고 글씨를 쓰며 새로운 분야의 박사학위를 새로 받고, 시인이 되어 책을 내고, 그림과 사진의 작품 전시회를 여는 사람도 있었다.

은퇴하시는 분들과 이런 구호를 함께 외쳤으면 좋겠다.

"차차차!"

차차차는 'challenge', 'chance', 'change'의 앞 글자를 딴 구호로, 도전challenge하면 기회chance가 생기고 삶의 변화change가 온다는 뜻이다.

은퇴는 곧 새로운 시작이니, 무엇이라도 도전해 새로운

기회를 맞고 삶의 멋진 변화를 이루어보시기를 바란다. 나도 변하고 상대도 변하고 나를 둘러싼 상황도 변하는 것을 보게 될 것이다.

장수 비결

바야흐로 100세시대를 맞으니 많은 사람의 관심이 장수하는 비결에 집중된다. 사실 오래 산다고 해도 무작정 오래만 살고 싶은 사람은 없을 것이다. 돈 없이 오래 사는 것, 아프면서 오래 사는 것, 할 일이 없이 오래 사는 것, 혼자되어 고독하게 오래 사는 것은 우리 모두가 두려워하는 것들이다. 그러니 장수하길 바란다는 것은 경제적으로나 건강으로나 모두 걱정할 일 없이 오래 사는 것일 것이다.

충청북도 괴산에 사시는 80세의 박 선생님. 우연히 남편 이름자와 비슷해 알게 된 분인데, 진짜 친척처럼 지금도 서로 안부를 물으며 지낸다. 우리 아이가 아주 어렸을 때, 친정 동생들 가족들과 함께 초대받아 방문한 적도 있다. 내외분이 모두 부지런하셔서 농사도 지으시고 닭, 염소도 먹이신다. 그래서 우리 아이는 그 댁 아주머님을 '염소 할머니'라 부른다.

직접 가 뵌 지가 꽤 오래됐지만 그때 기억이 아직도 생생하다. 정성껏 끓여주신 백숙과 올갱이 된장국, 맛있는 밑반찬, 수박, 복숭아, 찐 옥수수, 삶은 밤. 염소탕, 끊임없이 먹을거리가 나왔다. 낚시를 즐기는 남동생 내외는 집 앞 하천가에 텐트를 치고 밤새워 낚시를 했다. 계획은 낭만적이었는데, 갑자기 내린 비로 텐트가 떠내려갈 뻔했다고 한다. 가슴을 쓸어내리며 하는 얘기를 우리는 다음 날 늦은 아침에서야 들었다. 스스럼없이 주인댁 안방을 내어주셔서 비가 쏟아지는 것도 모르고 우리는 모처럼 단잠을 잤기 때문이다.

마당 한쪽에 땅을 파고 시멘트를 발라 물을 가득 채워놓은 곳은 아이들에게 멋진 수영장이 되었다. 내 딸아이와 조카 둘, 그렇게 어린 여자아이 셋이 해맑게 웃으며 놀던 모습이 지금도 생생하다.

그런데 최근 뉴스를 보니 충북 괴산이 한국 최고의 장수마을로 꼽혔다고 한다. 그 기사를 보며 내 입에서 나온 첫마디가 "괴산 박 선생님도 100세까지 사시겠네"였다. 그곳에선 여든 살이면 경로당 막내쯤이고 칠십이면 할머니 소리도 못한다고 한다. 현재 100세가 넘으신 분이 14명인데, 괴산 인구가 약 3만 명이니 인구 10만 명을 기준으로 하면 40명이 넘는 셈이다.

일반적으로 고령자의 생존율이 높아지는 것은 보건 의료기술이 발달하고 식생활 수준이 좋아지고, 건강관리도 잘 되기 때문이라고 통계청은 분석했다. 산과 들이 많아 공기 좋은 곳, 번잡하지 않아 스트레스를 적게 받는 것이 장수 비결이라고 여기는 것이다.

기사를 읽으며 가만히 생각해보니, 아무리 100세시대라고 해도 도시에 사는 사람들은 장수와는 거리가 멀어 보인다. 장수 비결의 첫째는 39.4%가 절제된 식습관이라고 한다. 그러나 도심에는 한 집 건너 커피숍이 즐비하고, 단 과자나 케이크, 먹을거리가 눈앞에 펼쳐져 있으니 종일 입을 쉴 틈이 없이 무언가 먹고 마시고 있다.

언젠가 미국인 교수와 함께 야구장엘 간 적이 있다. 경기장까지 침입해온 손쉬운 먹거리, 치킨, 맥주, 햄버거, 피자 등을 보며 그분은 이렇게 말했다.

"미국 사람들이 한국인에게 가장 잘못한 것이 바로 이런 음식들을 알게 한 것일 겁니다."

그 외의 장수 비결은 규칙적인 생활(18.8%), 낙천적인 성격(14.4%)이라고 하니 이 또한 도시인들에겐 해당하지 않는다. 야근, 휴일근무, 밤늦도록 공부해야 하는 수험생들, 취업준비생들이 어디 규칙적인 생활이 가능하겠는가. 이겨야 살고 남보다 좀 더 많이 일해야 살아남는 도시의 삶은 장수와는 거리가 멀다. 아무리 태생이 낙천적이라 해도 경쟁사회의 파도 한가운데 낙천적이기란 얼마나 어려운 일인지 말이다.

안티에이징을 넘어 이제 파워에이징을 강조하는 종합건강증진센터 '차움'의 이윤경 교수가 강조하는 건강 비법은 우리 몸의 엄마 호르몬이라고 할 수 있는 DHEA 수치를 주의깊게 관찰하고 비타민 D와 대장 건강을 위하여 유산균을 챙겨먹으라는 것이다. 그리고 우리 몸에서 암 등 세포변이가 생기는 것을 막아주는 것이 면역력인데 그 역할을 하는 NK세포(Natural Killer Cell, 자연살해세포) 수치를 높게 잘 유지하는 것도 중요하다고 한다. 그 수치를 낮게 만드는 요인 중에는 스트레스가 가장 유력한 주범이라고 한다. 미국 MD앤더슨 암센터의 종신교수 김의신 박사는 이 NK세포가 아주 높은 사람들은 항상 웃고 즐겁게 사는 사람들이라고 한다. 교회 성가대 찬양대원들은 일반인들보다 그 수치가 1,000배나 높게 나와 박사님도 놀랐다고 한다. 기쁨 속에서 노래하고 감사 기도하고, 인생을 밝게 사는 사람이 병에 대한 저항력이 높다는 얘기다. 그리고 설사 암에 걸렸다 해도 담대하고 표정이 밝은 환자가 치료가 잘 된다고 한다.

나도 이제 건강에 신경을 써야 할 때가 되었다. 우선 눈이 망가지는 것이 가장 힘든 부분이다. 책도 봐야 하고, 푸른 빛을 내뿜는 스마트폰 화면이나 컴퓨터 화면을 많이 들여다봐야 하는 일을 하는 만큼 눈 건강 지키기가 가장 중요했다. 3~4년 전부터 아사이베리 같은 베리 종류의 가루를 매일 한두 스푼씩 꾸준히 먹었다. 빛이 적은 어두운 곳에서나 아주 작은 글씨를 보아야 할 땐 할 수 없이 리딩 글라스의 도움을 받지만 평상시엔 아직 맨눈으로 버텨보고 있는 편이다.

나이가 들수록 잘 챙겨야 할 것이 근육이라는 말을 들었다. 다른 건 몰라도 근육은 나의 노력으로 유지가 가능할 것 같았다. 나이가 들수록 근육은 나날이 줄어들기만 할 뿐이라니 열심히 운동해도 그저 현상 유지하는 수준이다. 요즘은 계단 오르기를 하고 있다. 나는 3층에서 수업을 마치면 연구실이 있는 8층까지는 계단을 걸어 올라간다. 이때 내려갈 땐 절대 계단을 이용하지 않는다. 벌써 내려갈 땐 무릎에 무리가 가는 것을 느끼기 때문이다.

음식은 가려먹기보단 오래 씹는 것에 신경을 쓴다. 어려서부터 아버지에게서 배운 습관이라 입에서 오래 씹어 넘긴다. 배부르다는 신호가 뇌까지 가려면 식사시간을 20분 이상 잡아야 한다고 한다. 이렇게 천천히 음식을 먹으면 소화도 잘되고 과식을 하지 않게 되어 좋다.

가끔 수영도 하고 근육운동도 하지만 집에서는 맨손체조를 한다. 허벅지 근육이 아주 중요하다 하여 반쯤 앉았다 일어나는 스쿼트 운동도 하고, 옆으로 누워 팔베개를 하고 한 쪽씩 다리를 들었다 내렸다 100회씩 하기도 한다. 배의 코어 근육을 단련하는 효과도 있다. 그래도 나이가 있어 웬만해선 근육이 쑥쑥 생기진 않는다. 그저 유지만 하는 것으로 만족해야 할 것 같다. 그러나 목표만은 허벅지를 강철같이 만드는 것이다.

자연복대 자세도 따라 할 만하다. 배에 복대를 착용했다는 생각으로 허리를 꼿꼿이 펴고 배에 가볍게 힘을 주면 허리도 좋아지고 몸 전체의 건강에도 좋다고 한다. 배꼽을 등에 붙인다고 생각하면 쉬운데 이렇게 하면 배의 코어 근육을 단련하는 데도 좋다.

마지막으로 늘 웃으려고 노력한다. 그러나 어느 순간 깜빡하고 무표정이거나 심각한 얼굴을 할 때가 있다. 딸아이가 내게 지적해주어 깨닫게 되었다. 진지한 이야기를 할 때나, 글을 유심히 읽을 때 미간을 약간 찡그리는 표정이 된다고 주의를 주었다. 그럴 때마다 다시 한 번 입꼬리를 올리고 웃는 얼굴을 지어본다. 그 덕에 입 주변과 눈 주변에 잔주름이 늘었다. 그래도 괜찮다. 서양에선 나이 들어 '주름 위에 반짝반짝twinkle on the wrinkles'을 인생의 훈장같이 큰 덕목으로 이야기하기도 하니 말이다.

의존하지 않고 살아가는 근사함

어떻게 하면 나이 들어 남에게 의존하지 않고 근사하게 살 수 있을까?

김용택 시인이 엮은 시집《엄마의 꽃시 : 김용택 시인이 감사와 희망을 배운 시들》에 보면 평생을 까막눈으로 살다 뒤늦게 한글을 배우고 인생을 다시 시작한 어머니들의 시가 들어 있다. 이 책은 그런 어머니들이 쓴 시 100편을 김용택 시인이 엮고 글을 보탠 시집이다. 글을 쓴 어머니들은 가난해서, 여자는 학교 가는 거 아니라 해서, 죽어라고 일만 하다가 배움의 기회를 놓쳤다. 이름 석 자도 못 써보고 살다가 그냥 가는 줄 알았는데, 황혼녘에 글공부를 시작하니 그동안 못 배운 한이 시가 되어 꽃으로 피어났다. 손도 굳고 눈도 귀도 어둡지만, 배우고 익히다 보니 이제 연필 끝에서 시가 나온다.

9월 8일은 유네스코가 정한 '문해文解의 날'이다. 우리나라에서는 이날이 포함된 9월을 문해의 달로 삼아 많은 행사를 하고 있다. 그중 글을 깨우친 어르신들을 대상으로 한 시화전에서 최우수상을 받은 장현명 할머니는 글을 배우고 나서 얻은 삶의 즐거움을 이렇게 표현했다. 선거 때만 되면 남편이 1번 찍어라, 2번 찍어라 일러준 대로 번호만 보고 도장을 찍었는데, 이번엔 자신의 선택으로 이름 석 자를 확인하고 투표를 한 것이다.

……기표소에 들어가 믿을 만한 사람 이름 석 자 또박또박 읽고 도장을 꾹 눌러 찍었다. 투표소에서 나오는데 먼저 나온 남편이 묻는다. "찍으라는 번호 잘 찍었남?" 나는 남편보다 한 발 앞서가며 "투표는 비밀이야!" 크게 한마디 해주었다. 내가 찍은 사람이 당선되니 잘 아는 사람 같아 참 좋다.

단순히 글을 읽게 된 기쁨뿐 아니라 인간으로의 큰 권리를 당당하게 행사하게 된 어르신의 자신감과 자부심이 뿌듯하게 읽혔다.

시인이자 소설가인 윤후명 씨는 글쓰기 교육으로 노인 자살도 해결할 수 있다고 말한다. 60세 이후의 노인들에게 글쓰기를 가르치고, 그들이 신춘문예에 당선되고, 문단에 등단하는 것을 지켜보며 내린 결론이다. 시와 소설을 배운 노인들은 '나는 무엇이며 어디에 있는가'를 돌아보고 글을 씀으로써 자신의 정체성과 삶의 의미를 깨달아 '이제야 진정 사는 것 같다'고 토로하기도 한다.

최근 보도를 보니 일본에서도 귀여운 할머니들의 활약이 대단한 모양이다. 그들은 사진작가로, 패션모델로, 작가로 활동하고 있다. 90세가 넘은 할머니들이 작가로 데뷔하고 그들의 책은 베스트셀러에 오르기도 한다. 95세 작가 사토 아이코 씨는《90세, 뭐가 경사냐》라는 책으로 베스트셀러 1위에 올랐다. 1928년생 아마추어 사진작가 니시모토 키미코 씨는 젊어서는 미용사로 일하다가 72세 때부터 사진을 시작했다. 독특한 것은 자신이 직접 피사체가 되어 작품에 등장한다. 쓰레기 봉지 속에 자신을 가두고 테이프로 꽁꽁 묶고 찍은 사진, 빨랫줄에 양팔을 끼워 자신을 널어놓은 사진, 자동차에 치여 쓰러진 사진들을 찍어 책을 내고 전시회를 연다.

이런 현상은 대략 2010년경부터 시작됐다. 당시 99세의 시바타 도요 할머니가 시집《약해지지 마》를 출간해 주목을 끌었고,

본격적으로 90세 와타나베 가즈코 수녀의 에세이집이 히트하며 현재까지 230만 부 정도가 팔렸다.

일본에서는 이런 현상을 가리켜 100세 전후라는 뜻의 영어 '아라운도 한도렛도Around Hundred'를 줄여서 '아라한' 책이라고 부른다고 한다.

이들 할머니 책의 독자는 역시 60~80대 여성이다. 이렇게 할머니 책 금맥을 찾은 출판계는 독자들이 찾고 있는 것은 '의존하지 않으면서 살아가는 근사함'이라고 설명한다.

예전에 읽은 글 중에 직장생활을 하는 딸과 함께 사는 일본인 할머니 이야기가 생각났다. 그녀는 딸이 집에 있는 시간에는 주로 밖에서 활동하고, 딸이 나가고 없는 시간엔 좋은 먹거리로 장을 봐 요리와 청소를 도와준다고 한다. 시켜서 하는 일도 아니고 힘든데 억지로 하는 것도 아니다. 즐겁고 행복해서 한다고 말한다. 남에게 폐를 끼치는 것을 가장 싫어하는 그들의 성향을 잘 말해주는 듯하다.

부산가정법원의 천종호 판사 장모님 이야기도 그 맥이 비슷하다. 천 판사는 20년 가까이 장모님을 모시고 살고 있다. 장인이 세상을 떠나시자 남겨진 장모를 부양할 사람이 무남독녀인 자신의 아내밖에 없더란다. 그래서 본가의 장남인 천 판사는 장모를 모시기로 결심했다. 당시로선 그리 흔한 일이 아니었다. 교회 권사님인 장모님은 딸과 사위가 출근한 후 집안일을 돌보다가 저녁 9시면 대중교통수단을 이용해서 교회로 가신다. 그곳에서 기도하시다가 거기서 주무시고, 다음 날 새벽기도를 마치면 집으로 와 아침밥을 지으시고 부부의 출근 준비와 아이들의 등교 준비를 도와주신다. 가족이 일터와 학교로 가고 나면 다시 가사를 돌본다. 할머니의 정성어린 양육 덕분에 천 판사의 세 아이가 훌륭하게 잘 자랐고, 장남이면서 장모를 모신다고 지인들에게 칭찬을 듣기도 했다고 한다. 따라 하긴 쉽지 않지만 참으로 철저한 어른이시다. 백세시대로 접어든 우리나라에도 생각할 것을 많이 던져주는 현상이다.

삶은 가을과 겨울이지만 지혜와 열정은 한여름인 '신인류 100세 시대인'의 나아갈 길을 보여주는 것 같다. 입은 다물고 머리로 사유하고 손으로 글 쓰고, 사진 찍고, 몸을 움직여 봉사하는 것이다. 나이 들면서는 혼자 살든, 가족과 살든, 배우자와 살든, 부딪치는 일을 최소화하는 것이 평화를 유지하는 지혜라는 생각이 든다.

맥아더 장군이 이런 연설을 한 적이 있다.

"사람은 일정한 햇수를 살았다고 해서 늙는 것이 아니라 이상을 버리기 때문에 늙습니다. 해가 가면 얼굴에 주름이 생기지만 이상을 버리면 영혼이 늙습니다. 걱정과 의심, 두려움과 절망은 우리가 죽음을 맞기 전에 우리에게서 천천히 기운을 빼앗아가며 먼지로 만들어버리는 적입니다."

오늘은 나에게 숙제를 내준다. 일본 할머니들처럼 남에게 폐 안 끼치고 조용하게 귀엽게 아프지 않고 사는 법을 연구하라. 폴 투르니에가 '삶은 단계별로 사랑을 배우는 학교'라고 말했듯이 삶의 길목마다 깨달은 이야기를 모아 내 인생 건강한 노년에 조용하게 귀엽게 책을 써내고 있다면 실패하지 않은 삶일 것도 같다.

조금 더 웃고
조금 더 걷자

건강에 대한 두려움이 없는 사람은 없다. 나이가 들어감에 따라 겉으로 보이는 피부가 늙어가듯이 평생을 쉬지 않고 일해온 심장도, 위장도, 혈관도 '나'라는 존재와 함께 나이 들어간다.

나는 손에 살집이 없다. 나이가 들어 그런 게 아니라 어려서부터 그랬다. 엄마 친구 한 분은 손등에 주사를 맞아 도독하게 만드셨다. 어린 맘에 손등이 봉긋해야 이쁜 거로구나 생각은 했지만, 나무젓가락 같은 내 손이 싫지는 않았다.

주름진 손등으로 눈이 갔다. 이제는 어려서부터 그렇다고 변명할 수 없을 정도로 시간의 흐름을 고스란히 보여주는 손이다. 마디가 굵어졌고 주름이 더욱 많아졌고 피부 밑으로 지나는 굵은 혈관들이 너무나 선명하게 튀어나와 보인다. 그런데 참 신비롭다. 얇은 피부 밑으로 가느다란 관들이 복잡하게 연결되어 있을 텐데 어찌 한 군데도 끊어지지 않고 정확하게 연결되어 잠시도 쉬지 않고 일하고 있나 싶다. 피를 실어 나르고, 산소를 운반하고, 영양분을 실어 나르며 생명을 유지하고 있다. 참으로 신기하고 오묘하다. 감사하기까지 했다. 생명을 유지하기 위한 온몸의 메커니즘이 놀라울 따름이다.

수십 년을 말없이 기능하는 내 몸에 대하여 우리는 그저 무한 감사만 해도 충분할 것 같다. 그런데 요즘은 도가 지나쳐 건강에 대한 관심이 거의 우상숭배 수준이다. 우선 건강정보가 너무 많다. 요리 프로그램, 맛집 순방, 건강정보 등 TV 채널마다 관련 프로그램이 너무 많고 먹거리 프로그램이 경쟁하듯 나온다. 시청자는 채널을 이리저리 돌리며 세계의 맛집을 순방하고, 건강에 좋은 음식을 맘껏 즐기는 유명인을 쳐다보며 대리 만족을 한다. 그러다가 때가 되어 식사를 하려면 나의 식탁은 초라하게 느껴진다.

미디어는 좋다는 것은 다 챙겨 먹으라고 권한다. 여러 가지 베리 종류를 소개하고 이름도 낯선 견과류도 가지가지 먹으란다. 해독주스, 해독수프뿐만 아니라 다이어트에 성공했다는 방법도 수백 가지를 말해준다. 솔깃해서 받아 적어놓기도 하지만 선뜻 그 재료를 다 사다가 만들어 먹지는 않는다. SNS를 통해서 들어오는 건강에 관한 소식은 거의 스팸 수준이다. 건강에 급박한 상황이 생기면 이렇게 해라 저렇게 해라 처방이 많아 도대체 어떤 말이 맞는지 어지러울 정도다. 정보가 홍수다.

모르는 새에 나도 예외 없이 그런 민감한 건강정보에 젖어 있었던 모양이다. 이전 직장에서의 일을 끝내고 모처럼 시간이 생겼는데도 생각보다 바쁜 일정으로 여유가 없었다. 그 이유 중 하나가 바로 이 병원 저 병원 순례다. 일 년에 한 번씩 하는 건강검진이 바로 이즈음이고, 게다가 연식이 오래되다 보니 여기저기 손볼 곳이 많아지기 시작했다.

얼마 전 가슴이 답답하고 체한 것 같은 증상으로 숨을 몰아쉬다가 이거 무슨 중대한 문제가 생긴 건 아닐까 하는 의심이 들었다. 언젠가 출장길에서 이와 비슷한 증상이 있어 가던 길을 돌이켜 왔던 것을 떠올리니 갑자기 두려웠다.

'여기가 이상해요. 저기도 이상해요'라고 말하는 내게 남편은 환갑이 가까우니 조금씩 고장 날 때도 되었다고 위로한다. 건강수치들이 조금씩 올라가는 건 자연스런 이치이나 혹시나 해서 체크해보자고 한다.

병원에 가는 일은 결코 간단한 일이 아니었다. 일단 어렵게 예약을 해야 하고, 하루는 전문 의사를 만나 상담을 하며 몇 가지 검사를 해보자고 지시를 받는다. 그리고 검사할 날짜를 따로 받아 검사하고, 그 결과를 보러 또 하루 의사를 만나러 가야 한다. 요즘 종합병원은 새로운 제도를 시행해 전국에 있는 환자들로 붐벼 대형시장을 방불케 한다. 아무리 먼 곳에 사는 환자도 누구나 유명 병원의 유명 의사를 만날 수 있게 되었기 때문이다. 덕분에 병원 안의 매장과 식당은 얼마나 잘되는지 모른다.

그동안 아껴 모아둔 돈으로, 혹은 연금 받은 돈을 다 병원에 갖다 바친다고 불평하던 어느 분의 말이 실감났다. 초음파와 CT 촬영, 운동부하 검사도 했다. 결과가 나올 때까지 몇 주가 걸렸다. 사실 염려가 되지 않았던 것은 아니었으나, 안달한들 초조해한들 달라질 것은 아무것도 없었다.

검사결과를 보러 다시 의사선생님을 만났다.

"아주아주 좋으십니다. 한 군데도 좁아진 곳은 없습니다. 원하시면 2년쯤 있다가 운동부하 검사나 한 번 해봅시다."

완전 안심 판정을 받았다. 사실 '다시는 오실 필요 없어요'라는 말처럼 들렸다.

그날 우리는 감사하고 기쁜 마음으로 맛있는 사골 우거지탕을 사 먹었다. 이제 건강 염려는 털어버리고 조금 더 걷고 조금 더 웃기로 하며 서로의 손을 잡았다. 나뭇가지 같은 나의 주름진 손을 쳐다보았다. 얇은 피부 밑으로 튀어나온 혈관에 감사했다. 수고 많아요. 열심히 일해주어 고마워요.

절대 병원에 가지 않고 해마다 정규적인 건강검진은 더욱 더 하지 않는다는 후배가 있다. 겉으로는 초연한 듯 말해도 그녀의 마음속엔 무언가 아픈 곳이 발견되면 어떻게 하나 싶은 두려움이 숨어 있었다. 그런가 하면 거의 병원에서 살다시피 하는 사람도 있다. 조금만 불편해도 놀라 의사를 찾아가는 사람이다. 그러다 보니 날마다 병원 약속으로 일상이 마비될 정도다. 전자나 후자나 모두 세월이 흘러감에 따라 달라지는 내 몸에 대한 관심이자 염려라고 할 수 있다. 젊어서처럼 아름답지도 싱싱하지도 않은 내 몸이지만 이제 함께 나이 들어감에 순응할 때가 된 것 같다. 쉬지 않고 일해온 내 몸에 감사하고 경의를 표해본다.

훌쩍 떠나기

동네 골목 모퉁이에 아주 유명한 커피점이 하나 있다. 출판사 밑에 자리 잡고 있는 찻집이어서 그런지 예전부터 유명한 예술가들이 많이 모이던 곳이라 들었다. 요즘은 젊은이들의 명소가 되어 하루 중 어느 때라도 사람들로 붐비지 않는 시간이 없다. 눈으로 구경만 하고 지나다가 어느 날 그 문화의 향기에 한 부분이 되어볼까 하여 문을 열고 들어섰지만 빈자리가 없어 허탕을 치고 말았다.

보통 한적한 구석자리는 단골손님들의 단골자리다. 사람이 많거나 적거나 시끄럽거나 고요하거나 늘 노트북을 켜놓고 오랫동안 작업하는 것을 볼 수 있다. 어느 때 왔다가 어느 때까지 머물러 있는지는 알 수 없는 노릇이다.

그런 커피점에 요즘 들어 사람 기색이 없어 보일 때가 간혹 있다. 내가 차를 타고 지날 때여서 자세히 들여다볼 수는 없어, 혹 휴일이어서 그런가 생각했다. 걸어가다가 들여다봐도 사람 흔적이 없어 아마도 연휴여서 그런가 싶었다. 그래서 하루는 아예 마음먹고 확인을 하고 싶었다. 일부러 커피점 앞으로 걸어가보았다. 매일 보는 창가 쪽이 아닌 다른 쪽 출입구로 돌아가 보니 아니나 다를까 손바닥만 한 종이에 쓴 문구가 보인다. 글씨가 참 단정하다.

몇 달쯤 안식여행 다녀오겠습니다. 일일이 말씀드리지 못하고 떠납니다. 맑고 고요하게 돌아오겠습니다.

세상에나.

이렇게 잘되는(?) 커피점이 문을 닫고 쉼을 찾아 떠난다고? 그것도 몇 달 동안?

놀랍기도 하고, 당혹스럽기도 하고, 그리고 매우 존경스럽기도 했다. 그 내려놓고 떠남이 대단하게 느껴졌다.

하긴 사실 그렇지. 뭐 대단한 것에 매여 산다고 우리는 이리도 꼼짝 못하고 있는 것일까?

떠나면 당장 굶어죽기 때문에? 내가 하는 일이 세상을 구하는 일이어서? 딱히 다른 방법이 없어서?

그래서 나도 한 번 훌쩍 떠남을 단행해봐야겠다고 맘을 먹었다. 고속버스를 타고 남편과 함께 1박 2일 여행을 떠났다. 처음으로 가보는 이른바 패키지여행이라는 것이었다. 그러니까 여행사에서 목적지를 정하고 사람을 모집하면 원하는 사람들이 하나든 둘이든 여섯이든 모여서 한 버스를 타고 같이 가는 것이다.

바람이 무척 부는 날이었다. 비도 온다는 예보가 있어 걱정도 되었다. 그러나 제복 입은 기사님이 운전해주는 편안한 버스가 모든 염려를 눌러주었다. 첨엔 어색했지만, 그냥 쉼이 좋았다.

모르는 가족과 같이 앉아 점심을 먹고, 저녁을 먹고, 잘 잤느냐고 아침인사를 했다. 쉬었다 가는 여행 안내소에서 사람들과 이야기를 나누고, 마치 얼마 안 있어 곧 또 찾아올 사람처럼 자세히 물었다.

지방특산물 축제도, 문학 작가들의 생가도 들러 보았다. 그 집안 툇마루에서 보이는 저 멀리 마을 정경을 무심히 바라보기도 하고, 동네 아주머니가 직접 견과를 뭉쳐 만든 과자를 사고, 농부가 애써 농사짓고, 미처 팔지 못한 사과를 한 봉지 사들고 집으로 돌아왔다. 이틀 동안의 떠남이었는데 마치 먼 곳으로 오래 다녀온 기분이다. 그래, 멀리 갔다 오긴 했지.

세상에 아무것도 '당연한 것'은 없다. 세상에 아무것도 '그저 그런 것'도 없다. 모두 신기하고 특별하다. 그리고 단 한 번뿐이다.

시간이 없어서거나 경제적 여유가 없어서 여행을 떠나기 어렵다는 사람들에게 여행가 박예본은 그것은 자신의 마음의 소리에 귀를 기울이지 않기 때문이라고 말한다. 자기 스스로에게 방관하는 것이라는 얘기다. 그러면서 조셉 캠벨의 말을 인용하며 "떠나기를 거부한다면 그것은 누군가의 종이 되는 것이고, 삶이 말라붙어 감각이 상실되는 것"이라고 했다. 그러면서 여행길에서 만난 한 외국 여성이 '여행은 육체와 정신을 단기간에 건강하게 만들어주는 좋은 주치의'라고 한 말을 인상 깊게 기억하고 있었다.

나도 그렇게 말하고 떠나야지.
'미리 일일이 말씀드리지 못해 죄송합니다.
다녀오겠습니다.
맑아져서 돌아오겠습니다.'

복잡하지 않게, 홀가분하게

앞에서 동네 커피점 주인의 훌쩍 떠나기를 이야기했다. 며칠 전 보니 가게 문이 다시 열렸다. 예전처럼 충성스런 손님들이 다시 찾아와 빈자리가 없어 보인다. 그 앞을 지나면서 우리는 마음대로 이야기를 지어내 기분 좋게 조잘댔다.

"아마 스페인 산티아고 순례길을 다녀왔을 거야."
"많이 걷고 많이 깨달아 돌아왔을 거야."
"잘 쉬고 맑아져서 돌아왔을 거야."

부러워만 하던 나도 훌쩍 떠났다 돌아온 적이 있다. 2년 동안

지지 않는다는 말

김연수 지음 | 300쪽 | 12,000원

'애써 이기려 하지 않아도 되는' 삶을 말하다

김연수가 어린아이였을 때부터 중년이 될 때까지 체험한 사랑, 자연, 문학, 사람, 그리고 달리면서 쓴 소설과 읽은 책에 관한 이야기를 담았다. 이 책에서는 소설 속에서는 찾아볼 수 없는 김연수만의 새로워진 문장들을 만날 수 있다.

바람이 불면 바람이 부는 나무가 되지요

문태준 지음 | 304쪽 | 14,800원

깊고도 지극한 시선, 삶의 정수에 닿아 있는 순도 높은 문장들

2018년 목월문학상에 이어 2019년 정지용문학상을 수상한 한국 대표 서정 시인 문태준이 10년 만에 선보이는 두 번째 산문집. 시인 특유의 지극한 시선, 삶의 정수에 닿아 있는 순도 높은 문장들로 가득 채워진 101개의 단상을 엮었다. 번잡한 삶 한가운데 불어오는 한줄기 시원한 바람 같은 문장들 속에 머물며 독자들은 어느새 자신의 마음 안쪽을 가득 채운 밀도 높은 평온함을 느끼는 동시에 새로운 풍경들이 활짝 피어남을 느낄 수 있을 것이다.

삶이 너에게 해답을 가져다줄 것이다(3판)

김용택 엮음 | 240쪽 | 13,000원

김용택의 '내 인생을 바꿔준 시 한 편'

김용택이 산벚꽃이 피어나는 봄이면 읽던 시, 시골 논둑길을 걸으며 암송하던 시, 젊은 시절 삶에 실패와 좌절을 경험했을 때 읽던 시, 초롱초롱한 아이들 눈망울을 떠올리며 읽던 시, 바람 속에서 읽던 시들을 모아 위로의 시로 엮어냈다. 한 편의 시가 넘어진 삶을 일으켜 세운다는 위대한 진실을 일깨우며, 삶을 관조하고 성찰하는 계기를 마련해준다.

사랑이 너에게 해답을 가져다줄 것이다

장석남 지음 | 228쪽 | 13,000원

장석남 시인의 '사랑을 만나게 해주는 시 80편'

매혹적이면서도 친근한 언어로 시를 짓는 신서정파 시인 장석남. 그가 삶 속에서 발굴해낸 80편의 시를 독자들에게 다정하게 건넨다. 우리가 시와 눈맞춤하는 일을 두 영혼이 만나 입을 맞추는 사랑의 행위로 비유할 수 있다면 이 책에 수록된 시들은 우리의 마음에 사랑의 온기를 전하고, 긴 하루의 끝에 굽어진 어깨를 펴게 해준다. 한 줌의 따스함이 필요한 강팍한 세상 속에서 이 책을 통해 삶 속에 깃든 마음을 뒤흔드는 사랑을 느끼게 될 것이다.

시가 너에게 해답을 가져다줄 것이다

문태준 지음 | 228쪽 | 13,000원

문태준 시인의 '영혼을 성장하게 해주는 시 84편'

때로 마음에 깊게 새긴 한 편의 시가 삶의 꺾인 무릎을 일으켜 세우기도 한다. 한국 대표 서정시인 문태준. 그가 가슴에 소중히 품은 시들을 섬세하고도 다정한 해설을 곁들여 소개한다. 막막한 우리네 삶을 투명하게 비춰주고, 고단한 하루를 다독여주는 시들로 가득한 이 책을 통해 독자들은 가파른 생의 언덕 위로 불어오는 해답 같은 희망을 발견하게 될 것이다.

당신은 설워할 봄이라도 있었겠지만

허영선 지음 | 320쪽 | 14,000원

우리가 꼭 알아야 할 역사 4·3, 제주의 봄은 두 얼굴로 온다

제주4·3사건의 비극은 아직 끝나지 않았다. 백비(白碑)에 새겨넣어야 할 4·3의 이름들과 정명의 문제, 진실규명 등 해결해야 할 문제들은 여전히 진행 중이다. 4·3의 참혹한 상흔과 남겨진 과제, 4·3과 여성들, 4·3 한복판에서 목숨 걸고 검은 바다를 건넌 재일동포와 그들이 꽃피운 예술, 황홀과 비애를 동시에 간직한 제주의 역사와 자연 등 4·3으로부터 시작된 그 모든 이야기를 담았다.

나를 뺀 세상의 전부

김소연 지음 | 264쪽 | 14,000원

"나는 당신과 함께 살아가므로 완성되어간다"

더위에 지친 할머니에게 꿀물을 타주는 것, 버려진 곰인형을 안고 집에 돌아와 그것을 손수 주물러 빠는 것, 말이 서툰 아이와 대화를 나누는 것, 엄마의 노년을 지켜보는 것. 사소한 것 같지만 제법 사소하지 않은 사람 사이의 관계와 일상을 이야기하며 나와 다르지 않은 시인의 세계를, 우리가 소홀했던 삶의 단면을 만날 수 있다.

마음의숲 책들 Woods of Mind's Books

페이스북 인스타그램 @maumsup
주소|마포구 와우산로30길 36 마음의숲빌딩(창전동 6-32, 3층)
전화|02.322.3164~5 팩스|02.322.3166

나는 나로 살기로 했다

김수현 지음 I 288쪽 I 13,800원

진짜 '나'로 살기 위한 뜨거운 조언들!

길을 잃고 있는 당신에게 가장 필요한 책, 어른이 되어서도 '나'를 찾고자 하는 어른아이를 위한 책, 밥벌이와 어른살이에 지친 모든 현대인에게 '나'를 돌아보게 하는 시간을 선물해준다.

대한민국 전자출판대상 우수상!

일본, 중국, 대만, 베트남, 태국 판권 수출!

2019년 교보문고 종합베스트셀러 2위

2017년 예스24 독자 선정 올해의 책

2017년 인터파크 에세이 예술 분야 최고의 책 1위

180도

김수현 지음 I 288쪽 I 13,000원

관점을 뒤바꾸는 재기발랄 공감 에세이

세상을 180도 뒤집어 바라보면, 공포영화는 액션영화가 되고, 엑스트라는 영웅이 되며, 우리는 나이를 거꾸로 먹을 수도 있다. 시작도 하기 전에 포기하지 않게 될 것이고, 겁먹고 도망치지 않게 될 것이다. 기성세대의 무책임한 위로가 아닌, 담백하고 솔직한 문장들로 따뜻한 공감을 불러일으킨다.

빨강머리N

최현정 지음 I 288쪽 I 13,000원

달콤 살벌한 세대를 살아가는 어른아이를 위한 에세이!

네이버 출간 전 연재 30만 공감!
다음 스토리볼 200만 조회의 화제작!
페이스북의 욕쟁이 아티스트!
원작의 사랑스러운 앤을 현실로 끌어와 직장, 연애, 꿈, 가족, 인간관계 등 삶을 장식하는 다양한 풍경을 들여다본다.

빨강머리N 난 이래, 넌 어때?

최현정 지음 I 320쪽 I 14,800원

솔직해서 비루하고, 비루해서 사랑스럽다

보통 어른의 삶이란 어떤지, 다 큰 어른들의 마음이 얼마나 아이처럼 여릴 수 있는지, 남의 돈 벌어 먹고살기란 얼마나 고된지, 여자로서 험악한 세상을 살기가 얼마나 두려운지를 때로는 웃음 나게, 때로는 눈물 나게, 간혹 오소소 소름 돋게 묘사하고 있다.

나를 위해 하다

하다 지음 I 304쪽 I 13,800원

세상에서 가장 아름다운 동사 '하다'

나를 위해, 당신을 위해, 우리를 위해 '하는' 말들을 담았다. 인스타그램으로 폭발적 공감을 일으킨 하다(@do_hada) 작가의 이름 그대로, '하다'라는 동사를 탄탄하게 풀어냈다. '하고 싶은데' 또는 '내가 할 수 있을까' 고민하는 대신 나를 위해 '하는' 삶을 살 수 있도록, 나와 당신을 위한 마음을 가득 담은 책이다.

처음 살아보니까 그럴 수 있어

요적 지음 I 320쪽 I 13,800원

서툰 어른으로 살고 있는 우리에게 가장 필요한 말

모두 오늘을 처음 살고 있으니까, 모두 지금 이 나이를 처음 겪고 있으니까, 당연히 서툴고 잘 못하고 어려운 게 사실이다. 처음이니까 당연하다고, 처음이니까 실수도 많다고, 처음이니까 잘 못하는 거라고, 토닥토닥 작고 따뜻한 말로 위로해준다.

중국, 인도네시아 판권 수출!

촛불

가스통 바슐라르 지음 I 김병욱 옮김
169쪽 I 15,000원

시인들이 사랑한 텍스트 가스통 바슐라르의 마지막 저작

프랑스의 과학철학자이자 시 철학자로 프랑스 현대사상사의 독보적인 존재로 알려진 가스통 바슐라르. 이 책은 '시인 가운데 가장 훌륭한 철학자이며, 철학자 가운데 가장 훌륭한 시인'으로 평가받는 가스통 바슐라르가 임종 일년 전에 집필한 마지막 저서다. 수많은 시인들, 예술가들의 필독서이기도 했던 이 책은 촛불이 우리에게 불러일으키는 시적 몽상에 대한 탐구에 초점이 맞춰져 있다. 촛불이 촉발하는 이미지들의 시학! 뿐만 아니라 촛불 앞에서 펼쳐지는 인간의 내면과 영혼을 관찰하고 통찰할 수 있게 이끌어준다.

알베르 카뮈와 르네 샤르의 편지

알베르 카뮈, 르네 샤르 지음 I 백선희 옮김
288쪽 I 16,000원

국내 최초로 번역된 편지들! 시간이 지날수록 깊어지는 우정과 문학적 밀담!

노벨 문학상 수상작가 알베르 카뮈, 프랑스 현대시를 대표하는 르네 샤르가 13년 동안 주고받은 184통의 편지를 담았다. 그들은 한 시대를 함께 살았고, 함께 전쟁을 겪었고, 전쟁을 통해 더 성숙해진 작품을 많이 내놓았다. 1946년부터 1959년까지 그들이 주고받은 편지 속에는 집필 중이던 작품, 당시의 시대 상황, 가족에 대한 마음과 삶에 대한 고민이 가감 없이 녹아 있다.

서귀포를 아시나요

서명숙 지음 I 320쪽 I 15,000원

제주올레 개척한 서명숙의 '서귀포 재발견'

제주올레길로 걷기 열풍을 일으킨 서명숙이 고향 서귀포를 매일 걸으며 우리가 몰랐던 서귀포의 신비와 아름다움, 그 속에 가려진 아픈 역사를 조명했다. 마치 유적지의 보물을 찾아 걸어 들어가는 사람처럼 페이지마다 흥미롭고 새로운 서귀포 이야기를 독자들에게 안겨준다. 서귀포에서만 보이는 무병장수의 별 노인성, 서귀포에서 보면 다른 모습인 한라산 설문대할망, 생태적으로 잘 보존된 다섯 개의 도심공원 등 저자가 걸음걸음 찾고 보고 발견한 풍경이 한 폭의 수채화처럼 펼쳐진다.

몸담았던 청소년 관련 기관의 일을 마무리 짓게 된 직후였다. 몸담고 있던 대학으로 다시 돌아가기까지 얼마간의 여유가 생기게 되었다. 무엇을 할까? 날마다 매인 몸으로 일하다가 갑자기 내 앞에 '날마다 휴무'인 날들을 맞는다는 것은 신기하고도 당혹스런 일이었다. 우선 쉬고 싶었다. 몸도 마음도.

오래전부터 미국 교회에 간증집회를 한 번 다녀가라는 고등학교 친구의 권유가 생각났다. 환경의 변화도 주고, 의미 있고 보람 있는 움직임이 될 것 같았다. 급하게 한 달간의 일정을 잡았다.

한 달이나 집을 비우자니 여러 가지 신경 쓰이는 게 많았다. 일정 조정 등 곳곳에 연락할 일이 많이 생겼다. 무농약 채소 재배기는 전기코드를 뽑고, 물을 다 빼고 남은 이파리들은 빨리 먹어야 했다. 한 달 후까지 두면 못 쓰게 될 냉장고 속의 식품들도 다 정리했다. 화분의 식물들은 일단 충분히 물을 주어 놓았지만, 한 달을 잘 견뎌낼지 염려가 되었다. 매일 먹는 영양제도 한 달 치, 혹시 비상시 필요한 약품도 준비했다. 한 달 동안 입을 옷을 준비하자니 세탁소에 한 번씩 갔다 와야 할 의복들도 있었다. 오래 집을 비웠다 돌아왔을 때 어수선함을 막기 위해 거의 대청소 수준으로 손을 대다 보니 떠나기 전날 밤늦게까지 일이 끝이 없었다. 사는 게 뭐가 이리도 복잡한가 싶었다.

한 달 동안 미국 LA와 남가주에서 '홀리 스피치'라는 주제로 신학대학에서의 세미나, 교회 간증집회 등 계획된 15번의 강연을 했다. 코리아타운에 있는 작은 호텔에 머물렀다. 일정은 빡빡했지만, 여행객이다 보니 모든 게 가벼웠고 이해가 되었다.

입을 옷도 한정되어 있다 보니 복잡하게 생각할 필요가 없었다. 오히려 집에 있을 때보다 '입을 옷이 없다'는 불만도 없었다. 신발도 구두와 운동화. 호텔방이라는 하나의 공간에 있으니 물건을 어디에 누었는지 찾으러 돌아다닐 필요도 없다. 부엌이 없으니 끼니는 모두 문밖을 나가야 가능하다. 때론 모두 사 먹어야 하는 게 불편하기도 했지만, 여자들이 부엌에 들어가지 않는다는 이유로 얼마나 여행을 반기는지 충분히 이해가 되었다.

간간이 친구에게서 연락이 왔다.

"외국 나가면 한 열흘쯤 지나면 집에 오고 싶어지던데, 어때?"

"한 달이 가까워지니 아주 살고 싶어지는데?"라고 답을 보냈다.

돌아올 날이 가까워지자 또 다른 친구가 메시지를 보냈다.

"객지에서 한 달을 그렇게 돌아다니다니 대단하다. 그만 어서 돌아와라."

그런데 신기한 일은, 지난 한 달 동안 '여기가 집이거니' 하고 살다 보니 아쉬울 것도, 그리울 것도 없더라는 것이다. 내 집이라고 돌아와도, 이 또한 여행지인 것을. 짧은 이 한세상 사는 것도 다 나그네 발걸음인데, 뭐 그리 연연해하고, 모으려 하고, 가지려 하고, 따지려 하는가 싫어졌다. 좀 더 초연하게 살고 싶었다. 한정된 옷으로 살고, 한정된 음식을 먹고, 한정된 소유로 만족하면 될 것 같았다.

여행지에서는 아무리 돈이 많아도 그 많은 물건을 다 살 수가 없다. 다 짊어지고 집으로 돌아올 수가 없기 때문이다. 부엌용품이 아무리 좋은 게 있어도, 아무리 싸고 좋은 옷이 있어도 그걸 다 지고 올 수 없다. 더욱이 집안 가구나 자동차는 아무리 맘에 들어도 가져올 방법이 없다. 큼지막하고 편안한 렌터카를 빌려 한 달을 잘 다녔지만 그걸 짊어지고 올 수는 없는 일이었다. 뉴스를 보니, 세상에 좋은 물건을 다 비행기로 실어 와서 자기 것으로 누리고 맘껏 소리 지르며 살았던 사람도 있었다는데, 그래서 그 끝은 무엇인가, 잘 살았다고 할 삶인가 생각해보게 된다.

한 달간의 훌쩍 떠나기 덕분에 이제 자신이 좀 붙었다. 다음 훌쩍 떠나기 연습도 해볼 것이다. 그것이 반복되면 이 땅에서 훌쩍 떠나기도 두려움 없이 아주 홀가분할 것 같다. '하느님을 굳게 믿으니 이 우주에서 가장 강력한 분이 나의 빽이시니'라고 〈행복〉을 노래한 천상병 시인이 〈귀천〉에서 노래한 것처럼, '아름다운 이 세상 소풍 끝내는 날 가서 아름다웠더라'고 말할 자신이 생길 것 같다.

60세 인생
가장 빛나는 시절

나는 그 유명한 58년 개띠다. 중학교 입시 준비로 긴장이 시작될 즈음, 중학 무시험 발표가 나서 뛸 듯이 기뻐한 기억이 있다. 동네 중학교를 다니며 고등학교 입시를 부담스러워할 즈음 또다시 고교 추첨제가 발표됐다. 그때는 무작정 기뻐하기만 할 일이 아니었다. 공동학군에 들어 이른바 일류 학교로 갈 수도 있었지만, 살고 있는 지역의 이름도 들어본 적이 없는 학교에 배정될 가능성도 충분히 있었기 때문이다. 다행히 나는 공동학군에, 그리 최상위는 아니지만 그래도 자부심을 가질 만한 서열 3~4위 학교에 배정되었다.

공부에 대한 개념이 없어서 아무 선행학습도 안 하고 고등학교에 올라갔다. 처음 본 수학시험에서 10문제 중 4개만 맞혀 40점을 받았다. 그 충격은 두고두고 잊히지 않는다. 그 후로 나에게 공부란 '너무나 잘하고 싶지만, 도저히 잘되지 않는' 나를 행복하지 않게 만드는 가장 큰 요인으로 작용했다.

지금도 고등학교 시절을 돌이켜 보면 교실 안의 정경은 잘 떠오르지 않는다. 주로 운동장, 특활실, 강당, 외부행사 등만 기억에 남는다. 공부보다는 외부 대학의 백일장 출전이나 강당행사에서 사회보기, 체육대회 때 깃발 들고 서 있기 등이 나의 학창생활의 대부분을 차지했다.

입학시험을 보아서 들어온 선배들은 이른바 '뺑뺑이 세대'인 우리들에게 교풍을 망치는 애들이 들어왔다고 아주 무시하고 싫어했다. 그런가 하면 우리 학년 이후부터는 '내가 시험을 보았으면 더 좋은 학교를 갔지, 여기를 왔겠는가' 하며 전통과 규칙에 꽉 매인 학교를 싫어하는 아이들도 많았다. 지금도 동창회를 하면 우리 기수 이후부터는 거의 한 명도 참석하지 않을 때가 많다.

베이비부머 시대에 태어난 58년 개띠의 특성에 대해 사회적인 관점에서 분석하고 관찰한 언론 기사는 많다. 그러나 지극히 개인적인 관점에서 우리 세대, 특히 우리 나이의 여성을 관찰해본 것을 말하자면, 결혼을 아주 늦게 하는 경향이 많았다는 사실이다. 그리고 일찍 결혼한 경우에는 아주 시끄럽고 치열하게 살았노라고 하는 얘기를 많이 들었다. 일복이 많았다고 말할 수도 있다. 환갑을 바라보며 아직도 일터에서 벗어나지 못한 친구들이 많은 걸 보면 맞는 얘기 같기도 하다.

그 이름도 유명한 58년 개띠가 2018년 환갑을 맞았다. 이제 모든 활동을 다 내려놓고 은퇴 후 삶을 마음껏 누리고 싶기도 했다. 그러나 한편으로는 더욱 더 열정적으로 앞으로 다가올 '제3막 인생 60부터'를 엄청난 에너지로 일해보고 싶은 생각도 들었다. 100세를 바라보시는 김형석 교수님은 돌아보니 60~70대가 인생의 가장 빛나는 시절이었다고 회상하신다. 최근 내가 가장 많이 인용한 말도 미국의 여배우 제인 폰다가 한 이야기다. 60세부터 90세까지의 인생이 가장 멋지고 화려하다 하여 인생 제3막 '프라임타임prime time(황금기)'이라고 일컫는 말이다.

새해 첫날엔 동해안에 있었다. 그러나 첫해가 떠오르는 것은 지켜보지 않았다. 내심 어제 해나 오늘 해나 다를 게 무엇이라고 수선을 떠는가 하는 마음이었나 보다. 그런데 그날 서울로 돌아오는 길에 서쪽 하늘에 지는 해를 보게 되었다. 장관이었다. 그날 아침 장대하게 떠올랐던 태양은 지는 순간에도 위엄을 나타내고 있었다.

판화가 이철수 화백이 쓰고 그린 달력의 문구처럼 '알아도 오시고 몰라도 오시는 새날 새해'이니 어제도 오늘도 그냥 묵묵히 초연한 표정으로 또 한 날을 맞으리라 다짐해본다. 이 화백은 또 이렇게 말한다.

"작약 한 송이 피어 참 곱네! 아시지? 그 아름다움 그거 잠깐인 줄! 서글퍼해? 꽃 계절은 지났어요! 우린 가을쯤 아닌가?"

그래 호들갑 떨지 말자. 그렇지만 위엄도 잃지 말고 의연하고 기품 있게 제3막을 시작해보는 거다. 58년 개띠들이여! 우리는 인생의 가장 빛나는 시절을 시작하고 있다. 가장 멋지고 화려한 삶을 위하여 그대들 올해도 파이팅하자!

더 나은 삶을 살고 싶은가?
네 입의 말을 바꾸라!

"저는 금수저일까요? 아니면 흙수저일까요?"

요즘 TV에 출연하거나 강연 현장에 가면 청중에게 맨 먼저 묻는 나의 질문이다. 여러 가지 대답이 여기저기서 나온다. 금수저요, 은수저요, 다이아몬드 수저요.

공영방송 메인뉴스 앵커로 12년, 영국으로 유학 가서 박사학위를 받고, 공공기관 기관장으로, 현재 교수로 재직하고 있다는 소개를 하고 난 다음이니, 그런 대답이 나올 듯도 하다. 그러나 답은 반전이다.

"정답은 '흙 묻은 금수저'입니다."

“중학교 2학년 때 아버지가 돌아가셨어요. 대학입학 시험은 1차에 떨어지고 후기대학에 들어가 열등감에 싸여 대학생활을 했고, 교사 시험, 기업입사 시험, 모두 떨어졌습니다. 방송국도 세 번째에 가서야 비로소 합격했고, 정치하는 남편 뒷바라지로 갖은 고난과 시련을 다 겪어야 했습니다.”

그제야 사람들은 고개를 끄덕인다. 나는 다시 한 번 강조해 말한다.

“결코 유복하게 비단길만을 걸어오지 않은 제 삶이었습니다. 간혹 흙을 묻히며 살았던 나날도 있었습니다. 괜찮습니다. 저는 ‘금수저’로 태어났기 때문입니다. 부모님이 세상에 무엇과도 바꿀 수 없이 귀하게 낳아주신 우리는 모두 ‘금수저’로 태어난 것입니다.”

내가 이렇게 굳이 ‘흙 묻은 금수저’라고 힘주어 말하는 것은 나 스스로에게 주지시키고 각인시키는 효과가 있기 때문이다. 실패와 열등감, 시련과 고난의 흙 묻었던 삶은 바꿀 수 없는 사실이지만, 나는 분명히 고귀하게 태어난 ‘금수저 자녀’라는 사실을 한시도 잊지 않기 위해서다.

요즘 대한민국 사람들은 ‘흙수저’로 태어난 서러움을 안고 ‘헬조선’에서 허덕이며 살고 있다고 말한다. 참으로 서글픈 일이다. 사실이 어떻든 간에 이런 말은 자기 스스로 비하하는 말이기 때문이다.

사람은 말하는 대로 산다. 감사하고 긍정적인 말을 하는 사람들의 얼굴엔 미소와 희망이 있다. 그러나 우울하고 억울하고 부정적인 말을 하는 사람들은 늘 어두운 그림자가 드리워져 있다. 나이가 들수록 그것은 확연하게 드러난다. 좋지 않은 말을 해왔으니 표정도 좋지 않고 삶도 그 말을 닮아 있다.

정말 그럴까? 왜 하필 말하기인가? 말은 우리의 마음과 정신과 태도를 완전히 바꿀 수 있는 강력한 버튼이기 때문이다. 삶이 꼬이고 관계가 틀어지고, 날마다 짜증나고 되는 게 없다면 제일 먼저 확인해야 할 것이 있다. 그건 바로 내 입에서 나오는 말이 어떤지 살펴보는 일이다. 그 이유는 첫째, 내가 한 말은 내가 가장 먼저 듣기 때문이다. 내가 하루 종일 쏟아낸 말을 생각해보자.

"더워 죽겠네. 아, 짜증 나. 교통지옥. 맛도 없는 게 왜 이렇게 비싸? 그걸 말이라고 하냐? 또 그놈의 잔소리. 당장 회사를 때려치고 말아야지."

주변 환경에 대한 불만, 불평, 가까운 사람들에 대한 거친 말, 비아냥으로 가득하다. 그런데 그 부정적인 말들이 외부의 상황과 상대방을 향한 말임에도 그 말을 가장 먼저 듣는 사람은 바로 나 자신이다. 비난의 말은 내 귀에 제일 먼저 들어와 내게 영향을 끼친다. 마치 독처럼 온몸을 돌아 퍼져나간다. 같은 이치로, 좋은 말도 내 입 밖에 나오면 내가 가장 먼저 듣는다. 자녀를 칭찬하고, 친구를 격려하고, 어려운 환경에서도 감사의 말을 하니, 그 말이 내 귀에 들어와 나를 기쁘고 건강하게 한다. 격려하는 말, 긍정적인 말을 하라는 것은 바로 그런 이유 때문이다. 지금보다 더 나은 삶을 살고 싶다면, 당장 내 입에서 나오는 말하기를 바꾸어보라.

말이 중요한 두 번째 이유는 말은 삶과 존재에 큰 영향을 미치기 때문이다. 말은 배의 작은 키와 같고 마른 숲을 다 태워버릴 수 있는 작은 불씨와 같다. 훌륭한 선장은 인생이란 배의 키를 잘 잡고 운행한다. 때로 암초나 폭풍을 만나기도 하지만, 지혜롭게 키를 움직여 목적지에 안착하게 된다. 혀를 잘 사용하면 인생의 바다를 순항하여 무사히 목적지에 도달하지만, 그렇지 않으면 암초에 부딪혀 좌초하고 만다. 말에는 파워가 있다.

한 사람의 말이 얼마나 큰 힘을 가지고 있는지는 나의 삶이 증명한다. 사람들은 내게 묻는다.

"왜 아나운서가 되셨어요?"

나는 진명여고 다닐 때 선생님의 말씀 한마디로 아나운서의 길을 걷게 되었다. 국어 수업시간, 나에게 책을 읽어보라고 하신 이정숙 선생님은 여러 친구들 앞에서 나를 칭찬해주셨고, 아나운서가 되어보라고 권하셨다. 선생님의 말씀대로 정말 아나운서가 되었고, 그 한마디가 오늘의 나를 만든 것이다.

이렇게 말 한마디가 한 사람의 인생을 빛으로 인도하는 선한 영향력을 가지고 있지만, 잘못 사용된 말은 너무나 위험한 힘도 가지고 있다. 어느 중학생이 폭식증에 걸려 상담을 하게 되었다. 알고 보니 그 아이의 엄마는 아빠와 싸우면서 “너만 없으면 벌써 네 아빠와 안 살았다”라고 말했다는 것이다. 이 말을 들은 예민한 사춘기 소녀는 가정의 불행이 모두 자기 때문이라 생각했고, 자신은 그 집안의 축복받는 아이가 아니라고 스스로를 저주했다. 그 증오를 끔찍하게 많이 먹고 토해내는 것으로 자신을 학대했던 것이다.

사랑하는 자녀들에게 우린 못하는 소리가 없다.

“내가 너 때문에 못 살아.”

“내 눈에 흙이 들어가기 전엔 이 결혼 절대 안 돼.”

“만일 너같이 공부 안 하는 아이가 대학에 들어가면 내 손에 장을 지진다.”

참으로 끔찍한 말들이다. 그러면 어떻게 말하면 되는 것일까? 아주 쉽다. ‘차차차’ 해보는 것이다. ‘차차차’라니 마치 라틴 댄스처럼 들리겠지만 이것은 Challenge, Chance, Change의 앞부분 글자 ChaChaCha(차차차)를 말하는 것이다. 곧 도전하면 기회가 생기고 그 기회로 말미암아 삶에 변화가 온다는 것이다. 말하기에서도 '차차차'를 실천하면 인생이 놀랍게 바뀌게 된다.

일단 '도전Challenge'해보는 것이다. 이제 앞으로는 따뜻한 말, 축복의 말, 웃는 얼굴로 하는 말, 칭찬의 말, 감사, 사과, 용서의 말을 해보자. 남과 비교하고, 자기 비하하고, 남을 원망하고, 비판하고, 상처 주는 말은 이제 절대 내 입에서 나오지 않게 하는 것이다.

불평, 불만, 비난, 비판, 부정적인 말, 자기 비하하는 말은 하지 않는 것이다. 그리고 긍정적인 말들로 우리 삶을 채우는 것이다. 바로 감사하는 말, 칭찬하는 말, 듣기에 좋은 말, 비전의 말이 내 입을 떠나지 않게 하는 것이다.

한때 내가 몸담았던 한국청소년활동진흥원에서 '고마워Yo(요)'라는 감사운동을 펼친 적이 있다. 어려서부터 우리 삶에 감사한 것을 발견하고 글로 써서 입으로 말하는 것을 생활화하자는 캠페인이다. 많은 학교와 단체, 회사에서 이 운동에 동참했다. 백만인이 이렇게 날마다 감사하는 삶을 살기로 결단하고 실천하는 날이 오면 우린 '헬조선'이 아닌 '천국 같은 나라'에서 날마다 기쁘게 살 수 있을 것이라 확실히 믿는다.

이렇게 도전을 해보면 원하는 것을 얻을 '기회Chance'가 생긴다. 나의 말이 누구를 위로할 수 있고, 용기를 주는 씨앗의 말을 할 수도 있다. 먼저 나 자신을 성찰해볼 수 있게 되어 그 내용을 남과 나눌 수도 있게 된다. 깊은 성찰을 통한 말할 거리가 생기니 말하기에 자신이 생기고, 그로 말미암아 더욱 풍요로운 삶이 내 앞에 펼쳐지게 된다. 질긴 과거에 매여 헤어나질 못하거나, 오늘에 연연해 살거나 하지 않으면서 미래의 비전과 가치를 나누며 남의 말에 귀를 기울이게도 되는 것이다. 상대방의 말에 귀를 기울이자 그 마음이 읽어진다. 비로소 공감이 되고, 진정한 소통이 가능해지는 것이다.

결국은 '변화Change'된 나의 말하기와 태도를 통해 상대방도 변하고 내가 속한 공동체가 달라지는 것을 눈으로 보게 된다. 이제 우리 삶은 비루했던 어제와 다른 놀라운 미래가 펼쳐지는 것을 보게 되는 것이다. 차차차!

내가 이렇게 말하기에 집착하고 그 중요성을 전파하는 데 전념하는 이유는 이것이 바로 나의 인생사명이기 때문이다. 나는 인생의 후반전을 계획하면서 나의 '인생사명'을 발견하고 이렇게 사명서를 썼다.

말하기를 연구하여, 강연을 하고, 책을 쓰고, 방송을 하여, 많은 사람들의 삶을 변화시키도록 돕겠다.

사명서에 쓴 대로, 그 믿음대로, 그 이후 말의 중요성을 알리는 강연을 하고 방송에 나가 이 내용을 전파하고 있다. 또한 그것을 바탕으로 책을 쓰기 시작했다. 《홀리 스피치》(2012)가 나왔고, 이후 더 많은 사람들이 말하기의 중요성에 대해 공감하기를 바라는 마음으로 《신은경의 차차차》(2016)를 내게 되었다. 모든 사람이 말이 얼마나 중요한지를 깨닫고, 선한 말들로 우리 입을 가득 채울 날까지 계속 책을 쓰고 강연을 할 생각이다.

2장

오늘도 나는 참 좋습니다

"성공한 삶에서 의미 있는 삶으로,
생애 최고의 순간은 아직 오지 않았다!"

– 밥 버포드

나이 들어서 눈이 더 밝아지는 법

"세월 이기는 장사가 없습니다~."

스무 살 여릿여릿한 앵커우먼 때의 얼굴로 나를 기억하던 사람들이 요즘의 나를 만나면 간혹 하는 이야기다. 그렇게 말씀하시는 분의 삼십 년 전은 어땠느냐고 되묻고 싶지만, 세월 앞엔 어느 누구도 공평할 수밖에 없다는 위로와 다독임 같아 섭섭한 마음을 접고 겸허하게 받아들이기로 했다.

얼마 전 지혜로운 말 하나를 들었다.

세월이 지남에 따라 눈이 잘 안 보이게 되는 까닭은 대략 안 봐도 되는 것은 안 보고 사는 것이 좋다는 뜻이며, 귀가 잘 안 들리게 되는 이유는 대략 듣지 말아야 할 것은 안 듣고 살아도 된다는 뜻이란다.

정말 그렇다. 세상은 빨리 변하고 배워야 할 것과 쫓아가야 할 것은 많은데, 사람의 인체 시계는 도저히 그 속도를 맞춰 따라갈 수가 없다. 뿐만 아니라 들리는 대로 다 듣고 살다가는 그 말에 상처받아 서운하고, 그것이 모두 몸에 우울하게 남을 뿐이기 때문이다. 이치는 그렇다고 하지만, 장마철에 계속되는 궂은 날씨는 눈을 더욱 침침하게 한다. 그리고 잘 안 보이는 눈은 마음을 더욱 흐리게 만든다.

이제는 해가 질 무렵엔 신문 읽기도 수월치 않고 빛이 적은 음식점에서는 메뉴를 읽기가 불편하다. 약의 복용법 설명서나, 오래전 내가 적어놓은 깨알 같은 글씨도 이제는 아른거려 읽을 수가 없다. 그런가 하면 머리가 아파 벌써 책 읽기를 포기했다는 친구들도 여럿 있다. 기력이 떨어진 나의 눈을 도와줄 안경을 써야겠다고 생각하는 차에, 한 가지 깨달은 것이 있다. 우리가 나이 들며 써야 할 안경은 돋보기가 아니라 바로 '지혜의 안경'이라는 것이다.

젊은 시절, 많은 사람들은 세상의 시력으로 큰 것, 큰 글씨만 본다. 크게 성공한 사람, 큰 집에 사는 사람, 큰돈을 번 사람, 자식들을 번듯한 학교에 보내 훌륭하게 잘 키운 사람들만 눈에 뜨인다. 그런 사람들만 쳐다보며 부러워하고 자신들도 그렇게 살고 싫어 내달린 시간들이었다. 그러나 이제는 그렇게 따라 달릴 수도 없고, 그곳에 도달할 수도, 그럴 시간도 남아 있지 않은 것이 우리 인생이다. 시간이 지날수록 우리 눈의 시력은 큰 것까지도 잘 안 보이게 된다.

그러나 마음의 시력은 더욱 지혜로워진다.

CTS-TV의 〈7000 미라클〉이라는 프로그램을 진행한 적이 있다. 그 프로그램을 통해 보면 세상엔 작지만 보람된 일에 자신의 인생을 모두 바치며 사는 사람이 너무나 많았다.

선천성 기형을 갖고 태어난 자식을 위하여 자신의 인생을 모두 헌신하는 부모도 있었고, 배를 타고도 한참 들어가야 하는 섬마을에서 성도님 몇 분을 모시고 교회를 섬기는 목사님도 있었다. 그런 분들은 대부분 마을의 맥가이버요, 영농 후계자요, 목욕 돌봄 담당이며, 상담자가 된다. 우리나라에 들어와 많은 문화적 영향을 끼쳤던 초창기 파란 눈의 선교사들처럼 이제는 세계 전 지역에, 특히 오지에 나가 헌신하는 한국인 선교사님들이 얼마나 많은지도 알게 되었다. 그들에겐 열대병이나 현지인들의 핍박이나 가난, 고난이 전혀 문제가 되지 않았다. 숭고한 가치를 지닌 그들의 헌신에 비하면 말이다.

나는 〈7000 미라클〉을 녹화하는 날은 미리 충분히 눈 화장을 하고 갔다. 자칫 감동이 밀려와 눈물이라도 쏟아지면 주체할 수 없는 상황이 되기 때문에, 눈 화장을 망치지 않기 위해서라도 감정조절을 잘 해야 한다는 얄팍한 생각에서였다. 그러나 작은 자들의 큰 헌신 앞에서 나는 여지없이 무너지고 나의 지혜의 눈만, 지혜의 안경만 더욱 밝아질 뿐이다.

지혜의 안경을 더욱 밝히기 위해서는 어떻게 하는 것이 좋을까 곰곰 생각해보았다.

1. 세상엔 돈이 최고가 아니라는 것, 돈이 많아 나쁠 것은 없지만 그 돈 버느라 인생을 낭비하다가 허망한 끝을 맞지는 말자는 것.
2. 받을 때보다 나누고 베풀 때가 더 행복하다는 것.
3. 공부 잘하는 자식으로 키우지 말고 삶의 태도와 인격이 출중하고 세상에 보탬이 되는 인간으로 키울 것.
4. 나 혼자 잘 먹고 잘 살기 위해 이 세상 살지 말고, 아무리 작은 곳에라도 쓰임 받는 삶이 되도록 살아야 한다는 것.
5. 누군가에 대한 험담을 들었어도 못 들은 척해주는 것. 누군가의 약점을 보고서도 못 본 척해주는 것.
6. 옳아옳아! 그래그래! 하며 상대를 먼저 이해해주고 받아들여주는 것.

7. 결국은 내 가족을 소중히 생각하고 또 나를 잘 돌보고 남에게 폐 안 끼치게 사는 것이 훌륭한 일이라는 것.

이후에 빈 칸을 좀 남겨두어본다. 각자 지혜의 시력을 높이는 법을 써보시기 바란다.

소통의 전제조건은 경청

우리는 하루에도 수많은 말을 쉬지 않고 하며 산다. 기분 좋은 말, 칭찬하는 말, 격려하는 말도 하지만, 불평하는 말, 짜증내는 말, 남의 마음에 상처를 주는 말도 끊임없이 하고 산다. 알고도 하지만, 인식하지 못하는 가운데 무의식적으로 내뱉는 경우도 많다.

한 통신회사의 고객센터에서 일하는 직원이 어떤 할머니에게서 잘못 걸려온 전화에 응대하는 내용이 SNS를 통해 퍼져 수많은 사람의 배꼽을 잡게 한 적이 있다. 엉뚱한 대답을 하시는 할머니께 상담원은 2분 50초 동안 똑같은 말을 반복했다. 할머니는 "뭐? 목욕탕에 불이 났다고?"라고 동문서답을 하며 그를 당황케 했지만, 그 직원은 화도 내지 않고 끝까지 잘 응대했다는 것이다. 많은 사람이 그 상담원의 참을성을 칭찬했고, 하루에도 수없이 엉뚱한 전화를 받아야 하는, 이른바 감정노동자들의 고충을 위로했다.

나도 처음엔 코미디 같은 그 대화를 듣고 웃었다. 그런데 이것이 실제 상황이라는 이야기에 귀를 의심할 수밖에 없었다. '이건 아닌데……' 만일 이게 사실이라면 대체 이럴 수가 있는가? 무슨 이런 세상이 있는가. 물론 하루에 200통 이상 전화를 받는다는 상담원, 감정노동자들의 고충에 대해선 100% 공감하고 그 노고를 위로해드리고 싶다. 그러나 이 경우는 이야기가 다르다.

상대방은 귀가 잘 안 들리는 할머니였다. 설사 귀는 잘 들린다 할지라도 자신이 전화를 걸었는지 받았는지도 분간이 안 되는, 첨단기술과는 거리가 한참 먼 시골 노인이었다. 알아들을 수 없는 회사의 영어 이름과 통신서비스 이름을 수없이 반복하는 그 젊은이에 대해 끝까지 화내지 않고 응대했다고 칭찬하는 사람도 있었고 상을 받았다는 말도 들린다.

그런데 알고 보니 그것은 그 회사 내에서 상담원의 인내심과 친절함을 가르치기 위해 사내교육용으로 사용한 음성파일이었다고 한다. 그 소리를 들으니 더욱 화가 났다. 친절과 인내란 그런 것이 아니지 않은가.

친절한 응대란 상대가 못 알아듣는 용어를 끊임없이 반복하는 것이 아니다. 인내란 상대가 갈피를 못 잡는데도 같은 속도로 똑같은 말을 수없이 반복해서 상대가 지쳐서 끊을 때까지 버티는 것이 아니다. 상대는 어르신이고 상황을 전혀 파악할 수 없는 경우였다. 적어도 상식을 가진 집안에서 적절한 가정교육을 받고 자란 청년이라면 이렇게 말했어야 했다.

"할머님, 여기 전화회사인데요. 할머님께서 전화 잘못 거셨어요. 제가 무엇을 도와드릴까요?"

잘 이해하실 수 있도록 천천히, 쉬운 말로 상황을 잘 정리해 드렸어야 했다. 정해진 안내 문구를 수없이 반복하는 것을, 누가 그것을 친절이라, 인내라 하겠는가.

그 상담원이 친절하다고 댓글 다는 사람들은 비슷한 또래의 젊은이, 같은 직종의 고충을 이해하는 사람들이었을 것이다. 시골에서 비슷한 대접을 받았던 노인들은 댓글을 달지도 못할 뿐 아니라 당신들이 겪었던 모욕적인 상황에 대한 불만도 이야기할 기회가 없었을 것이다. 아니, 그분들께는 물어보는 사람이 아무도 없었을 것이다.

소통을 중요시하는 요즘 시대에 세대 간의 소통이 이렇게 안 되고서야 어찌 마음을 나눌 수 있을까 싶어 서글퍼진다. 소통을 잘하기 위한 첫 번째 관문은 '잘 듣는 것'이다. 말하기보다 앞서야 할 것이 잘 듣는 것, 경청이다. 그래야 공감을 할 수 있다. 상대방의 말은 귀로 들을 뿐만 아니라 눈빛으로, 얼굴로, 몸 전체로도 잘 들어야 한다.

간혹 상대가 잘못 듣는다고 해서 큰소리로 말하는 경우가 있다. 그러나 이때도 크게 소리지르는 것은 그다지 효과적인 소통방법이 아니다. 10년간 10만 명이 넘는 고령자를 치료한 안과의사 히라마쓰 루이는 《노년의 부모를 이해하는 16가지 방법》에서 다음과 같이 조언한다.

노령자 중 70대는 절반이, 80대는 70% 이상이 난청이라고 한다. 난청이 되면 일정한 음역대 이상의 높은 음은 잘 들리지 않는다. 그래서 톤이 높은 며느리의 목소리는 못 들은 척하는 게 아니고 실제로 잘 못 듣고, 저음인 아들의 목소리엔 대답을 잘 하신다는 얘기다. 그러니 고령자와 대화할 때는 낮은 목소리로, 천천히 끊어서, 그리고 정면에서 얼굴을 쳐다보면서, 뉴스 아나운서 말투로 이야기하라고 조언한다.

다음, 얼굴을 보고 이야기하라. 입모양을 크게 하고 잘 쳐다보면서 말하면 이해하신다. 비언어적인 몸짓을 함께 사용해 식사하는 모양을 보여드리며 "진지 드셨어요?" 하고 말하면 큰 소리로 동네가 떠나갈 듯 소리 지르지 않아도 잘 알아들으신다. 조금 말소리를 줄여보자. 난청이 된 어르신 귀에 들릴 정도로 큰 소리로 말하면 주위 사람들이 놀라서 바라본다.

그런가 하면 귀가 어두워지신 어르신은 잘 안 들리면 “뭐라고?” 하며 잔뜩 찡그린 얼굴로 되묻는다. 자기 소리조차 잘 안 들리니 저절로 말소리가 커진다. 우리가 이어폰을 귀에 끼고 음악을 듣다가 옆 사람이 말을 시키면 나도 모르게 큰 소리로 대답하는 이치와 같다. 그러니까 어르신의 경우도 언제나 미소 짓는 표정을 유지하고, 말을 할 때나 들을 때 상대의 얼굴을 잘 쳐다보면서 대화하면 훨씬 의사소통이 잘된다.

귀가 잘 안 들리기 시작하면 상대의 말을 잘 알아듣지 못하게 되니까 자신이 대화의 주도권을 잡고 혼자서 실컷 이야기하는 것으로 대화시간을 모두 채워버리는 사람도 있다. 그런가 하면 상대와 대화하는 것을 꺼려 만남 자체를 피하는 사람도 있다. 대화를 즐기지 못하니 말수가 줄고 무뚝뚝해졌다는 인상을 주게 된다. 대화를 포기하지 말고 솔직하게 자신의 난청을 미리 말하는 것도 좋다. 그리고 입모양을 정확하게 하여 또렷한 발음으로 이야기하고, 다정하고 인자하게 웃으면서 대화해보자. 오늘부터 시작해보시길 바란다.

소통은 어렵다. 특히 세대간의 소통은 어려운 일 같지만 경청의 묘수를 발휘하면 가능하다. 곧 소통의 3단계를 밟아보는 것이다. 우리는 보통 상대가 내 사정을 이해하지 못하고 엉뚱한 말을 하는 경우 화가 난다. 이때 즉답을 해서 갈등을 키우는 게 아니라, 현명하게 심리적 3단계를 거치는 것이다.

첫째, '이 사람이 왜 이런 말을 할까?' 생각하는 것이다. 나와 여러 해를 함께 한 아내가 엉뚱한 소리를 할 때 어떤 심리적 배경이 있을까 생각해보는 것이다.

둘째, '그렇다면 이럴 땐 무슨 말을 해주어야 할까?' 생각해본다. 아까 상대가 한 말에 대해 즉각적으로 답을 하는 것이 아니라, 이 사람은 어떤 말을 듣고 싶어 할까 생각해보는 것이다.

그리고 끝으로 '그 말을 해주는 것'이다. 결과적으로 보면 동문서답을 하는 격이다. 그러나 그 효과가 아주 크다.

예를 들어 대학에 들어간 딸이 있다고 하자. 오늘도 집을 나서며 이렇게 말한다.

"엄마, 나 오늘 늦어."

엄마는 마땅치 않은 얼굴로 볼멘소리를 한다.

"그 학교는 왜 매일 놀기만 하냐? 대학생이 공부는 안 하고……."

그때 딸이 엄마의 말에 즉답으로 이렇게 말한다.

"엄마는 알지도 못하고……."

이러면서 뾰루퉁해 나가버린다면 서로에게 상처를 주고 갈등만 키울 뿐이다.

이때 소통의 3단계를 밟아본다.

1단계. '엄마가 왜 이런 말을 하실까? 아하, 나의 대학생활이 궁금하시구나.'

2단계. '그러면 무슨 말을 듣고 싶어 하실까? 새로 시작한 대학생활, 혹시 남자친구가 생겼는지 등이 궁금하시겠구나.'

그럼 마지막으로, 그 말을 해드리는 것이다.

"엄마 내 요즘 대학생활 궁금하지? 내가 이번 주말에 실컷 얘기해드릴게요. 그럼 안녕, 다녀올게요."

이렇게 하면 엄마는 눈을 살짝 흘기면서도 벌써 마음은 이번 주말 딸이 들려줄 새내기 대학생활 이야기에 대한 기대로 가득찬다.

소통의 전제조건은 경청임을 잊지 말자.
말을 잘하는 것도 중요하지만 잘 듣는 것이
가장 우선이고 더 중요하다는 것을 반드시 기억하자.
그래야 상대방의 마음을 읽게 되어
공감empathy, sympathy할 수 있게 된다.

내 인생을 바꾼 귀한 말 한마디

'아름답다'라는 단어는 그 어원이 되는 '알음', '알다'에서 온 말이다. 그저 '곱다'와 다른 뜻을 지녔다. '아름다운 사람'은 '앎'이 있는 사람이다. 숱한 삶의 시련과 역경을 이겨내고 자기 내면에서 그것을 승화시켜 비로소 인생을 알게 된 사람은 그 아름다움이 더 깊다. 어른이 될수록 그런 아름다움을 가지려고 내면을 가꾸어야 한다. '내 안에 들어 있는 가득한 아름다움.'

그렇게 아름답게 나이 들어가는 법을 알려준 선생님이 계셨다. 내 인생을 가르는 전환점에서 우뚝 서 계신 잊지 못할 선생님이 있다.

이정숙 선생님.

내 인생에 가장 큰 이름으로 기억되는 분이다. 고등학생이던 나에게 오늘날 아나운서로 살아가도록 인정해주시고 가르쳐주신 나의 국어선생님이시다.

이정숙 선생님이 하늘의 부르심을 받으셨을 때가 떠오른다. 곱게 한복을 입으신 영정사진 속의 선생님은 고운 웃음을 보여주고 계셨다. 언제나처럼 내 이름 석 자를 부르시는 것 같았다.

"신은경, 네가 왔구나."

작지만 아담한 효자동 진명여고에 다니던 시절 국어시간. 어찌나 무섭고 엄하신지 우리는 선생님 앞에서 꼼짝도 못했다. 공부가 모자라 야단을 맞을 때보다는 실내화가 더러워서, 머리가 길어서, 혹은 복도에서 말처럼 뛰다가 걸려서 혼나는 적이 많았다. 그러나 "4월은 잔인한 달……" 하고 엘리어트의 시를 읊으시며 왜 4월이 잔인한 달인지 설명하시는 선생님의 환희에 가득한 표정은 감수성 예민한 여고생들의 문학적 감성을 키워주기에 충분했다.

어느 날 국어 수업시간에 선생님께서 나를 부르셨다.

"신은경, 앞으로 나와봐요."

기절할 듯 놀라며 교복의 매무새를 가다듬었다. 선생님의 나지막한 목소리가 또 들렸다.

"교과서 가지고."

떨리는 마음을 가다듬으며 교탁까지 도달했다. 선생님은 책을 한 번 읽어보라고 명하셨다. 얼마를 읽어 내려갔는지…….

"그만 됐어요" 하는 선생님의 목소리가 들렸다. 그리고 선생님은 몸을 돌려 반 친구들을 향해 말씀하셨다.

"여러분, 어때요. 참 듣기 좋지요?"

엄격하기로 소문난 선생님으로부터 엄청난 칭찬을, 그것도 반 친구들 모두 앞에서 큰 칭찬을 받은 그 순간, 내 인생에 큰 획이 그어지는 순간이었다. 그 날 이후 나는 진명학교 공식 아나운서가 되었다. 선생님의 지도로 학교의 중요한 행사마다 사회를 보았다. 선생님의 말씀 한마디는 한 알의 씨앗이 되어 나의 마음밭에 떨어졌다. 그리고 거기서 뿌리를 내리고 싹이 텄다. 나는 그 말씀 한마디 덕분에 훗날 아나운서가 되는 꿈을 꾸게 되었고 결국은 그 꿈을 이룬 것이다.

아카시아 향내가 가득한 어느 해 오월. 정말 오랜만에 선생님을 만나 뵈었다. 준비해 간 조그만 꽃다발과 지갑을 선물로 드리고 선생님과 팔짱을 끼고 남산 길을 거닐며 많은 이야기를 나누었다. 잠시 숨을 돌리느라 앉은 벤치에서 선생님은 가방에서 무언가를 부스럭거리며 꺼내 보여주신다. 신문에 나온 나의 인터뷰 기사를 오려두신 것이다. 언제나처럼 나는 내 인생에 귀중한 한마디를 해주신 선생님의 이야기를 기자에게 했고, 선생님은 그 부분에 밑줄을 그어두셨다. 선생님의 옆얼굴을 바라보았다. 부족하기만 한 제자가 감히 쳐다볼 수 없는 스승의 얼굴이었다.

송파에 사시는 선생님을 댁에 모셔다드리기 위해 함께 차에 올랐다.

"오늘 참 은혜로운 날이네."

선생님은 이렇게 말씀하시며 오랜만에 제자를 만난 기쁨을 감추지 못하셨다.

"'아름답다'의 어원이 뭔 줄 알아? '알음', '알다'에서 온 단어지. 그저 '곱다'와는 좀 다르지."

삶의 화려한 밝은 빛과 고단한 역경의 골짜기를 모두 지나온 제자에게 또 한 번 최상의 칭찬을 하신다. 아름답다고.

"배웅은 해야지" 하시며 내가 탄 차가 떠나고 보이지 않을 때까지 손을 흔들어주셨다. 오월의 쏟아지는 찬란한 햇볕 아래 아카시아 향기가 천지를 진동했다.

유언처럼 또 한 말씀 내게 남기셨다.

"아름다운 인생을 살았구나. 더욱 아름다운 인생을 살도록 하여라."

선생님, 감사합니다. 그리고 사랑합니다.

한 사람의 삶을 지켜주는 것은 앞서간 한 사람의 귀한 말 한 마디다. 이제 사회의 어른인 우리 모두도 한 사람의 삶을 이끌어 줄 수 있는 소중한 인생의 말을 하는 사람이 되었으면 좋겠다. 아름답게 나이 드는 법을 배웠으면 좋겠다.

분단 70년째에 소망하는, 이산가족찾기

사람들은 영화를 보면서 각자 자신의 추억에 따라 특별한 부분에 감동을 받는다. 영화 〈국제 시장〉이 대한민국 사람들의 마음을 흔들었던 적이 있다. 젊은 시절 서독 간호사로, 파독 광부로 고국을 떠났던 사람들, 미군 트럭 뒤에서 "기브 미, 초콜렛!"을 외치며 달렸던 어린 소년들은 역사 속의 자기 모습을 보는 듯했다고 말한다. 주인공 윤덕수가 흥남철수 때 놓쳐버린 이산가족 막내 여동생을 찾으러 방송에 출연했을 때, 나 또한 그런 감정이었다. 그 장면을 보는 순간, 가슴이 쿵하며 눈물이 핑 돌았다. 바로 그 역사의 현장에 내가 있었기 때문이다. 역사 속으로 들어가는 순간이었다.

1983년 6월 30일 밤, 6·25 특집 생방송 〈이산가족을 찾습니다〉가 KBS TV에서 진행되고 있었다. 한 사람의 시청자로, 또 내가 일하는 직장의 방송을 모니터할 겸, 나도 집에서 그 프로그램을 시청하고 있었다. 커다란 도화지에 헤어진 가족의 이름과 사연을 써 들고 나와 앉아 있는 사람들 하나하나를 아나운서가 끝없이 소개해나갔다. 그런데 예정시간이 지나고 밤이 늦도록 특집방송은 끝날 줄을 모르고 계속되었다. 소개되는 안타까운 사연에 눈물이 흘렀다. 남의 일 같지가 않았다. 나도 당장 뛰어가 어느 한 부분이라도 도와야 할 것 같았다. 아니나 다를까, 끝날 줄 모르고 계속된 생방송은 다음 날까지 이어졌고 누군가 바톤 터치를 해주어야만 했다.

다음 날, 나는 제2진 진행자로 차출되어 나갔다. 전날의 감동을 떠올리며, 진심으로 동족의 이산의 아픔을 이해하며 진행했다. 역사적으로 중요한 방송에 동참한다는 생각에 뿌듯하기까지 했다. 그렇게 시작된 이산가족찾기 방송은 이후 138일 동안 계속되었고, 전 국민과 세계의 이목을 집중시켰다. KBS의 모든 사원이 그 방송에 매달렸다. 여의도 광장은 수많은 사연이 쓰인 종이들로 뒤덮였다. 사연은 눈물이 되어 바다를 이루었다. 〈누가 이 사람을 모르시나요〉 노래가 날마다 강물처럼 흘렀다.

그 방송을 진행한 공로로 대통령 표창도 받았지만, 섭섭한 일도 있었다. 칭찬을 들을 줄 알았던 나의 진행에 대한 신문의 방송평이었다. 삶의 굴곡을 전혀 모르는 앳된 얼굴의 20대 진행자가 이산가족찾기 방송에 어울리지 않았다는 의견이었다. 그러나 섭섭해도 할 수 없는 일. 20대여도 나는 KBS의 간판 아나운서였고, 일손은 턱없이 부족했기 때문이다.

〈이산가족을 찾습니다〉 방송 당시에도, 전쟁이 끝나고 30년 동안 가족이 생이별을 하고 어찌 그렇게 살았을까 싶었는데, 그 이후로도 30년이 더 지났다. 2015년은 분단 70년째가 되는 해였다. 포로가 되어 고국을 등지고 바벨론으로 끌려갔던 이스라엘 백성이 다시 고국으로 돌아와 성전 재건을 하게 되기까지의 기간이 바로 70년이다. 원래 새해 계획이 없이 사는 사람인 내게 그 해 초부터 마음속에 한 가지 소망이 생겼다. '남북 간에 이산가족찾기 생방송을 하게 되면 좋겠다'는 생각이다.

아직 장벽이 가로막혀 자유롭게 오갈 수는 없지만, 화면을 통해서만이라도, 헤어진 핏줄의 생사만이라도 확인할 수 있다면 오죽 좋으랴 싶다. 이산의 아픔을 평생 지니고 살았던 사람들이 이제 이 땅에 남은 날이 많지 않은데, 지금처럼 제한된 숫자만 만나서야 언제 이 한을 다 풀 수 있겠는가 말이다.

2018년 광복절을 계기로 마련된 제21차 이산가족 상봉 행사에서는 1차 상봉에 남측 가족 89명이 북측 가족 185명을 만났고, 2차 상봉에서는 북측 가족 83명이 남측 가족 337명을 만났다. 상봉단의 평균 연령은 85세였다. 전쟁으로 가족이 생이별을 한 이후 스물한 번씩이나 찔끔찔끔 헤어진 가족들이 상봉을 해왔지만 아직도 얼굴 한 번 못 보고 기다리는 이산가족이 5만 6,000명, 이중 90세 이상 고령자가 1만 2,000명가량 된다고 한다. 시간이 많지 않다. 이분들이 살아생전 가족의 생사라도 확인할 수 있도록 TV 화면으로라도 한꺼번에 중계방송을 했으면 한다. 그 어느 때보다 남북관계가 부드러워진 이때에 다시 한 번 큰 기대를 걸어본다.

만일 남북 이산가족찾기 생방송이 성사된다면 나를 진행자로 써달라고 손을 번쩍 들어볼 생각이었다. 나도 이제 이순耳順의 나이가 되었다. 인생 경험도 적지 않고 고난의 골짜기와 눈물의 강도 건너보니, 삶이 충분히 이해가 될 터이니 말이다. 남북이 함께 누가 이 사람을 모르시는지 석 달 열흘 목 놓아 불러보면 우리 민족의 쌓인 한이 조금이나마 풀리지 않겠나 싶다.

은퇴 후 아내 이해하기

부엌에서 똑딱거리는 소리를 내는 아내의 발걸음이 바빠 보인다. 밥 끓는 소리가 요란한데 아직 저녁상 준비는 안 된 모양이다. 구수한 밥 냄새에 남편은 배가 고파지기 시작했다. 드디어 상이 다 차려졌다. 달랑 밥과 찌개 하나, 밑반찬 몇 가지가 상에 올라왔다. 은퇴한 남편과 아내는 소박하고 검소한 밥을 먹는다. 식사를 끝낸 남편은 또다시 멍하니 TV를 보고 앉아 있다. 별로 해 먹은 것도 없는 것 같은데 아내는 또다시 씻고 또 씻느라 부엌에서 끊임없이 달그락거린다. 남편은 참다 못해 오늘도 또 한마디 잔소리를 한다.

"먹은 것도 없는데 무슨 설거지가 그리 많아?"

아내는 남편의 그 말이 오늘도 섭섭하다. 은퇴 후 삶을 살고 있는 남편과 아내의 흔한 일상 모습이다. 이 가정에 들려드리고 싶은 두 가지 이야기를 전한다.

먼저, 2년 후 은퇴를 앞둔 어느 목사님의 이야기다. 최근 아내가 양쪽 눈의 백내장 수술을 했다. 자녀들은 다 커서 떠나가고, 이제는 내외분 두 분만 살고 있으니, 당분간 모든 집안일은 남편 목사님의 차지가 되었다. 아내는 말로 설명하고 그 설명에 따라 남편 목사님이 일일이 살림살이를 했다.

"쌀은 김치냉장고 아래 서랍에 있어요. 현미 한 컵을 물에 잘 씻어요. 첫 물은 재빨리 버리고 두 번만 더 씻어요. 물기를 쪽 빼요. 그리고 제 몸의 물에 서너 시간 불려요. 흰 쌀 두 컵은 밥을 짓기 직전에 씻어 섞으시면 돼요."

"자, 빨래합시다. 흰 빨래와 색깔 있는 것, 그리고 검정색을 나눠요. 세탁기 빨래 통에 넣고 세제는 왼쪽에 그리고 섬유 유연제는 오른쪽 작은 홈에 넣으세요. 세제 뚜껑의 3분의 2만 넣으시면 돼요."

이렇게 꽤 여러 날 살림살이를 도맡으셨던 목사님은 이렇게 고백하셨다.

"나 이번에 많이 반성했어요. 내 평생 아내의 말에 한 번도 귀 기울여 들어본 적이 없다는 걸 깨달았어요. 물론 듣긴 들었죠.

그러나 대충, 귓등으로……. 그렇게 들었던 것 같아요. 그리고 아내가 하는 일이 이렇게 수많은 일들로 이루어졌다는 것을 깨닫고 얼마나 놀랐는지 몰라요."

또 한 가정에는 은퇴한 가장과 아내 그렇게 두 내외분이 살고 계시다. 그런데 저녁 산책길에 아내가 넘어져 다리 골절상을 입고 말았다. 수술을 하고 회복되기까지 요양병원에 석 달은 누워 있어야 한다는 진단이 나왔다.

병원에 아내를 혼자 두고 온 날, 남편은 아내가 세탁기에 빨래를 넣어둔 것을 보았다. 생각보다 그리 어렵진 않았다. "이쯤이야……." 얼마 후 빨래가 다 끝났다는 벨이 울렸다. 세탁물을 꺼내 빨랫줄에 널었다. 두 사람 사는 집에 웬 빨래가 이리도 많은지. 마르고 나니 빨래를 개야 할 순서가 되었다. 그러고 나니 제자리에 넣어야 하는데 도대체 제자리가 어디인지 모르겠더란다. 그동안 아내가 해주던 일들, 최소한 끼니를 해결하고, 급한 먼지를 털고, 급한 빨래를 하고, 그것만 하려고 해도 온종일 종종걸음을 해야 가능한 일이더라고 고백했다.

아내가 퇴원한 이후 이 가정의 저녁시간 모습이 달라졌다. 아내가 저녁 먹은 식탁을 치우고 남은 반찬을 정리하는 동안 남편은 그릇 씻는 일을 도왔다. 그러자 서로 같은 시간에 딱 맞추어 일이 끝났다. 이제 아내와 더 많은 시간을 함께 할 수 있게 되었다. 아내를 이해하고 도와주니 행복한 시간이 저절로 따라오게 되었다는 고백이었다.

평생을 집안일로 바쁘게 보낸 아내들은 이제 자신도 집안일에서 은퇴하고 싶은 마음이 있다. 그동안 못했던 일, 자기 자신을 위한 자기계발 활동도 하고 싶고 이제 여유를 갖게 된 친구들과 여행도 하고 싶어 한다. 가장이 은퇴한 후 삶의 성공 열쇠는 이제는 아내도 살림에서 은퇴하게 하고 집안일을 함께 해보는 데 있다.

아내들의 마음에는 비밀처럼 늘 이런 생각이 있다는 걸 알려드리고 싶다.

"나도 아내가 있었으면 좋겠다."

뒷모습 단장하기

얼마 전 두 개의 거울 위치가 절묘하게 자리 잡는 바람에 나의 뒷모습을 보게 된 적이 있다. 매일 아침 들여다보는 화장대 거울 뒤로 옷장에 붙은 거울이 절묘하게 자리를 잡는 바람에 나의 뒷모습이 고스란히 보였다. 오랜만에 본 나의 뒷모습은 낯설고 볼품없었다. 아무리 꽃단장을 하고 나서도 뒷모습은 속일 수 없는 나이가 되었구나. 갑자기 그 모습을 날마다 보는 남편에게 미안한 마음이 들었다.

"여보, 미안해요, 그리고 고마워요. 이렇게 볼품없는 나의 모습을 당신이 바라보고, 살아주고, 견뎌주고 있으니 말이에요."

나의 뜬금없는 말에, 평소 농담을 잘하고 유머가 풍부한 남편은 이렇게 대답하며 그 어색한 상황을 넘겨주었다.

"그래서 나는 가끔 눈을 감아요, 하하."

우리는 날마다 낯을 씻고 거울을 들여다보고, 또 얼굴에 화장을 하며 거울을 들여다본다. 머리 스타일을 매만지며 또 거울을 보고 외출하려고 옷매무시를 다듬을 때도 대부분 앞모습만 챙기는 게 보통이다. 더구나 집에서는 가장 편안한 모습으로 있고 싶은 것이 사람들의 자연스런 마음이다. 밖에서는 어쩔 수 없이 긴장하고, 때로는 가장하고 연기도 하며 나 아닌 모습으로 살기도 하지만, 집에서는 나의 원래 모습으로 돌아가는 것이 사람들의 본연의 모습 아니겠는가.

성경의 창세기에서도 아담과 하와 부부는 벌거벗었으나 부끄럽지 않았다고 기록되어 있다. 죄가 없을 때였기 때문에 그들에게는 아무런 거리낌도 가려야 할 수치도 없다는 이야기다.

이제는 부끄러울 것도 가릴 것도 없는 편안한 사이가 되었지만, 왠지 미안한 마음이 생기는 것은 감출 수가 없다. 그러나 함께 나이 들어가는 부부는 이렇게 서로의 뒷모습도 껴안아주고 사는 사이다. 그래서 서로에게 미안하기도 하고 고맙기도 할 것이다.

하지만 이런 사실을 너무 당연하게 생각하진 말았으면 좋겠다. 곧 서로 뒷모습을 단장하는 노력을 기울이는 것도 아름답다는 얘기다.

뒷모습 단장하기. 그것은 비단 우리 외모의 뒷모습만을 뜻하는 것이 아니다. 나이 들어가는 그 '뒷모습'과 나아가 우리가 이 세상을 살다가 떠나가는 '뒷모습' 곧 뒤의 흔적을 정리하자는 의미도 들어 있는 것이다. 뒷모습을 어떻게 단장할 것인가. 그것은 바로 밝은 언어로, 환한 표정으로, 명랑한 태도로 나를 단장하는 것이다. 생물학적으로는 나이 들어가지만, 비언어적인 방법으로 뒷모습을 단장하는 것은 보는 사람은 물론 나에게도 아주 효과가 있다는 것을 깨달았다.

예를 들어, 아침에 일어나 처음 눈을 마주칠 때 유치원생처럼 손을 흔들며 "안녕~"이라고 하거나 밥상을 차리고 "식사하세요"라고 할 때 목소리 톤을 높여 종달새처럼 말해보는 것이다. 설거지하는 중간에라도 남편이 부르면 일단 고무장갑을 벗고 남편에게 다가가 얼굴을 들이민다. "부르셨어요?" 하면서. 물론 전에 없던 행동을 하는 아내 때문에 남편은 불편해할 수도 있다. "이거 왜 이래? 뭐 잘못 먹었어?"라고 할지도 모른다. 하지만 세 번만 반복해보길 바란다. 그러면 흐뭇해하는 남편의 얼굴을 곧 보게 될 것이다.

함께 지하철을 타고 나들이를 갈 땐 서로 손을 잡고 걸어보길 바란다. 젊어서 연애할 때 빼고는 결혼해 아이 낳고 살면서는 손 잡고 다니는 일이 흔치 않았다 하더라도 이젠 슬쩍 서로의 손을 잡고 걸어보자. 사람 많은 데 걸을 땐 복잡하다고 불편해하던 배우자도 손잡고 걷는 느린 걸음을 즐거워할 것이다.

집안에서 눈길이 마주칠 때도 공연히 뜻 없이도 빙긋 한 번 웃어주어보자. 가끔 구부러진 그의 어깨와 등을 쓰다듬거나 감싸주어보자. 가정을 위해 애써온 그의 인생의 무게가 전해져올 것이다. 거칠어진 아내의 손을 잡고 한 번 찬찬히 들여다보자. 어느새 손마디가 이렇게 굵어졌을까. 그동안 결혼반지를 빼놓고 사는 이유가 굵어진 손마디 때문이었다는 걸 알게 될 것이다.

이렇게 표현하는 비언어적인 뒷모습 단장이 서로에게 어떤 효과가 있는지 어떤 기쁨을 주는지 과학적으로 증명할 수는 없다. 하지만 쓸쓸한 우리의 뒷모습을 열심히 단장하며 함께 나이 들어가보는 것, 얼마나 아름다운 일인가?

너는 시간이 지날수록 점점 더 잘하는 아이야

학교 다닐 때 열심히 공부하지 않으면 평생 공부하며 살아야 한다고 하는 말을 들은 적이 있다. 어느 교수님이 학생들에게 공부 열심히 하라고 격려인지 협박인지 분간하기 어렵게 한 말씀인데, 내 경우에 딱 맞는 말인 것 같다. 학교 때 공부는 열심히 하지 않고 문예반, 방송반 등 과외활동만 열심히 했던 내가 환갑이 된 오늘날까지 책과 씨름하고 있으니 말이다. 어쨌든, 공부는 모두에게 책임이고 필수인 무거운 짐이기도 하지만, 즐거운 도전이고 아름다운 삶의 샘물이기도 하다.

'방송학 개론' 수업을 하러 강의실에 들어갔더니 중간고사를 앞두고 초조해하는 학생들의 눈망울이 눈길을 사로잡았다. 지식을 전달해야 할 수업에 앞서 그들의 삶에 도움이 될 만한 말이 먼저 나왔다.

"인생은 계단처럼 발전하는 것입니다. 한 방에 로켓처럼 치솟는 발전을 하는 사람은 그리 흔치 않죠. 한 계단, 한 계단 꾸준히 성장하는 거예요. 그리고 더 중요한 건 변화가 전혀 없어 보이는 평지에서의 노력이 있어야만 그 한 계단을 올라가 발전할 수 있는 기회가 생기는 거죠. 그러니 너무 조급하게 생각하지 말아요."

그러면서 나의 대학 시절의 혼돈과, KBS를 다니며 공부했던 통역대학원 시절, 영국 유학 시절의 고생한 이야기를 들려주었다.

언제나 한 계단씩을 오를 때마다, 지난 계단에서의 부족함을 절실히 느꼈다. '한 계단 전에 지금의 실력 정도만이라도 됐다면 공부하기가 수월했을 텐데…….' 항상 그런 후회가 들지만, 인생이 늘 그런 것이 아닌가. 그러면서 발전하고 성장하는 것이 바로 인생인 것이다.

그리고 "공부란 걱정, 염려, 고민 말고 그냥 하는 것이다"라는 말로 위로했다.

늦은 나이에 공부를 하다 보니 나에겐 고난이 더 많았다. 그래서인지 옛 글에 나오는 '공부'에 대한 이야기가 내게 큰 위로가 됐던 기억이 있다. 그 내용은 다음과 같다.

사람들은 공부를 하려면 우선 "공부를 잘 해야지!" 하며 굳은 각오를 한다. 이건 '욕심'이다. 그리고 공부를 하다 보면 호락호락하지 않다. 당연히 잘 안 되는 공부인데 "나는 왜 이렇게 공부를 못하지?" 하며 자책한다. 이건 '교만'이다. 원래 부족한 인간이 공부가 안 되는 게 정상인데, 왜 이렇게 공부가 안 된다니. 그러다 보면 어떤 날은 신기하게도 술술 풀리는 날이 있다. "아, 이제 공부가 잘 된다"라고 말한다. 이거야말로 '어리석은 마음'이다. 잘 되어봤자 얼마나 잘 되겠는가. 그러니 공부는 욕심도, 교만도, 어리석음도 부리지 말고, '그냥 하는 것'이라는 결론을 내렸다.

그렇게 마음을 다스리며 한 계단 한 계단 올라가다 보니, 석사학위도 받고, 박사학위도 받고, 오늘날 대학에서 후학을 지도하는 기회도 생기게 된 것이 아닌가.

돌아가신 나의 친정어머니는 장남에게 "너는 점점 더 잘하는 아이야"라는 말로 격려해주셨다. 그 당시 내 남동생은 자전거 사달라고 땅바닥에 누워 떼를 쓰는 개구쟁이였다. 한 차례 대학 낙방과 재수를 거쳐 들어간 대학에서 그는 공부보다는 기타 치는 일에 더 몰두했지만, 어머니는 "너는 시간이 지날수록 점점 더 잘하는 아이야"라는 말을 쉬지 않고 하셨다. 지금 그 동생은 우리나라 대표 기업의 주요 임원으로 전 세계를 누비며 활동하고 있다. 엄마의 믿음과 긍정의 말이 당시에는 보이지 않았던 멋진 미래를 마치 눈에 보이는 것처럼 증명하듯 큰 힘을 발휘한 것이다.

심리학자 로젠탈은 믿어주고 기대하고 예측한 대로 실제로 그 일이 일어난다고 말한다.

한 실험을 통해 초등학교 한 반에서 무작위로 20%의 학생을 뽑아 너희들은 머리가 뛰어난 학생이라고 알려주니, 진짜 성적이 오르더라는 것이다. 이른바 '피그말리온 효과'인데, 학생들에게 '너는 반드시 잘될 거야' 하는 기대를 가지고 믿어주면 기대한 대로 결국 그렇게 이뤄진다는 것이다.

반대로 교사가 크게 기대하지 않는 학습자의 성적은 점점 떨어진다는 '골렘 효과'도 있다. 교사나 부모로부터 기대를 받지 못하는 학생들은 '더 열심히 해야지!'라고 결심하기는커녕 '그러면 그렇지, 나 같은 게 뭘 하겠어'라고 아예 체념해버리고 만다고 한다. 젊은이들에게 기대하고 격려해주자. 그러면 그 기대에 부응하려고 자발적으로 노력할 것이고 실제로 그렇게 되는 날이 반드시 온다.

도전하는 횟수도 아주 중요하다. 여기 10% 성공 능력을 가진 세일즈맨이 있다고 가정하자. 그럼 10개의 물건을 팔려고 시도하면 1개를 판매할 수 있다는 이야기다. 그렇다면 10개를 파는 것이 목표라면 100번의 시도를 한번 해보길 바란다. 그러면 10개를 팔게 될 것이 아닌가? 포기하지 않고 끈질기게 버티면 반드시 목표한 대로 이룰 것이다.

많은 시험을 앞두고 있는 젊은이들에게 용기를 불어넣어주고 싶다. 그동안 애쓰고 준비한 만큼 모두 최선을 다해 만족한 결과가 나오길 바란다. 몇 번 시도했는지는 그리 중요하지 않다. 나도 방송국에 세 번째 도전하여 성공했다.

새로운 시작

몇 년 전 대학 강의실에서 학생들에게 방송과 커뮤니케이션을 가르치던 교수 일을 잠시 접어두고 청소년을 위한 일을 하는 자리로 옮긴 적이 있다. 한국청소년활동진흥원KYWA(Korea Youth Work Agency)인데, 여성가족부 산하 준정부 기관으로 우리나라 청소년 정책을 수행하는 기관이다.

청소년의 꿈과 끼를 키워주기 위해 다양하고 창의적으로 청소년들이 체험하고, 봉사하고, 참여하고, 문화를 향유할 수 있도록 종합적으로 지원해주는 역할을 한다. 청소년들이 균형 있게 자라게 해주고, 세계의 친구들과도 만나게 하며, 그들과 이러한 활동을 함께 할 지도자를 키워내는 일 등 다양한 사업도 하고 있다.

우리나라 청소년 기본법에 따르면 만 9세에서 24세까지가 청소년의 범주에 들어간다. 이들은 현재에도 미래에도 행복한 삶을 살아야 할 소중한 존재다. 그러나 교육열이 높은 우리나라의 청소년은 그들 간의 심한 경쟁과 과도한 학업 부담에 지쳐 얼굴에 미소를 잃어가고, 자신이 무엇을 원하는지, 진정 어떤 사람이 되고 싶은지 생각해볼 여유조차 없이 어른이 되어가는 안타까운 현실이다. 우리의 소중한 보물인 청소년들이 환한 웃음을 되찾고, 높은 이상으로 그려진 미래를 위해 마음껏 꿈을 펼치게 하고 싶다는 생각으로 나 또한 기대에 부푼 나날을 보냈던 기억이 있다.

나는 무슨 일을 새로 시작할 때, 책상정리부터 손을 댄다. 잠시 접어둘 서류나 자료는 손이 잘 닿지 않는 곳으로 옮기고, 일의 우선순위에 따라 관련 서적과 물건들이 새로 앞자리를 잡는다. 청소년 일을 맡게 되자 책상정리를 시작했다. 집중해야 하는 분야가 청소년이다 보니 청소년, 자녀교육, 인성교육, 경영 등의 책을 전면에 배치해놓았다. 옷장정리도 했다. 대학 강의실에 어울리는 옷은 조금 뒤쪽으로 보내고 공공기관에 맞는 정장으로 전면배치했다. 그러다 보니 아무리 공공기관이라도 청소년을 만나는 곳인데 너무 딱딱한 옷이 아닐까 하는 생각이 들어 고민도 했다.

새로운 시작은 늘 가슴 설레는 일이다. 새로운 일을 하는 사람의 마음가짐은 특별할 수밖에 없다. 처음 초등학교에 입학할 때, 새 학기가 시작될 때, 처음 대학생이 되었을 때가 생각났다. 아나운서를 시작하던 날, 대학교수가 됐던 날이 생각났다. 새 학기를 시작할 땐 입고 갈 옷을 고르고, 새 연필을 여러 자루 깎았다. 방청소를 했다. 나의 여동생은 초등학교 입학하는 날 속눈썹을 가위로 싹둑 잘라내는 바람에 가족들의 간담을 서늘하게 한 적도 있다. 멋쟁이 고모가 속눈썹이 더 길어지라고 끝을 살짝 정리하던 모습을 본 동생이, 가장 예쁜 모습으로 학교에 첫발을 내딛고 싶은 마음으로 그런 것이다.

청소년을 위한 정책 기구에서 일하는 것은 마음 설레는 일이었다. 제일 먼저 눈에 띈 것이 OECD에서 발표한 한 조사인데, 우리나라 청소년들이 행복하지 않다는 사실이었다. 그 조사에 따르면 한국의 청소년들은 OECD에 속한 다른 나라에 비교해 공부하는 평균시간도 8시간으로 가장 많고 수학능력도 아주 뛰어났다. 그런데 "너 행복하니?"라고 물으면 아니라는 것이다. OECD 국가 중 행복지수가 가장 낮았다. 충격이었다. 모든 정책에 앞서 아이들을 행복하게 해주고 싶었다. 그래서 시작한 것이 청소년 행복캠페인이자 감사캠페인인 '고마워Yo(요)'다. 감사가 자신을 행복하게 만들고 남에게 행복을 전염시킬 수도 있는 가장 강력한 무기가 된다고 생각했다. 하루에 세 가지씩 감사를 적어나가는 앱을 만들고, 각 학교, 청소년 수련원들마다 독특한 감사운동을 펼쳤다.

또 한 가지, 너무나 공부에만 매몰되어 있는 청소년들에게 자기 주도적 활동을 알려주고 싶었다. 새로 시작된 자율학기(학년)제에 KYWA의 자기 주도적 좋은 프로그램을 소개하고 봉사활동, 자기계발활동, 신체활동, 탐험활동 등을 자율적으로 계획하고 꾸준히 활동할 수 있도록 적용하는 데 노력을 기울였다.

끝으로 청소년들의 건강을 위해 몇 가지 건강에 좋은 팁을 알려주고 싶었다. 건강이란 어려서부터 좋은 습관을 들여야 커서도 조절이 가능하기 때문이다. 일본에서는 20여 개나 되는 자연권 국립청소년 수련원에서 10년째 벌이고 있는 캠페인이 있다고 한다. 그것은 바로 '일찍 자고 일찍 일어나서 아침밥을 먹자'는 것이다. 얼마나 간단하면서도 진리인가.

같은 맥락에서 나는 음식을 오래 씹어 넘기자는 캠페인을 하고 싶었다. 우리의 식생활을 보면 너무나 급히 먹고, 아무거나 먹고, 자연이 아닌 것을 너무 많이 섭취한다. 그러고 나면 젊었을 때는 잘 모르지만 나이 들어 소화기를 다 버리고, 당뇨와 고혈압과 온갖 성인병으로 고생하는 것을 볼 수가 있다. 어려서부터 자연의 음식을 꼭꼭 여러 번 씹어 넘기며 내 몸을 아끼면 각종 성인병을 많이 줄일 수 있다고 생각했다. 그러나 이 아이디어는 생각만으로 그치고 실제로 시행하지는 못했다.

현재 우리나라 행정부서에서는 청소년만을 관장하는 뚜렷한 부서가 안 보인다. 실제로는 여성가족부에서 그 이름에 있는 여성, 가족뿐만 아니라 청소년의 일을 관장하고는 있다. 하지만 청소년이라는 이름을 부서명에 넣기 또한 얼마나 힘든지. 국가에서 청소년을 중요시하는지 아닌지를 극명하게 보여주는 한 예다.

어른 세대들이 자라나는 청소년을 좀 더 이해하고 공감해주시면 좋겠다. 청소년에 대한 관심을 상위 우선순위에 놓아주셨으면 좋겠다. 인공지능을 이야기하고, 드론과 VR에도 관심을 보이고, 3D 프린터를 이야기하며 4차 산업시대를 준비하고 자라나는 청소년들과도 눈높이를 맞춰주면 좋겠다. 그렇게 되면 어른들이 젊은이들에게 걸림돌이 되지 않고 도와주는 멘토가 될 수 있다고 생각한다.

가족장학제도를 만들자

우리 집안에는 가족장학제도가 있다. 나의 어머니 이명근 여사의 이름을 딴 장학제도 '명근 장학회'가 바로 그것이다. 이름은 거창하게 장학회이나 실상은 아주 소박하기 이를 데 없는 가족끼리의 제도다. 2남 2녀 우리 형제가 각각 형편껏 정해진 금액을 매달 적립한다. 그리고 6개월마다 그 돈을 찾아 장학금이 필요한 조카들에게 나누어 전하는 것이다. 어머니가 살아 계셨다면 새 학기를 맞거나 기쁜 일을 맞는 손자손녀들에게 용돈이든 학비든 선물이든 주고 싶어 하셨을 거라고 생각하여 시작한 일이다.

작은 남동생의 딸이 중학교를 졸업했을 때였다. 할머니가 주시는 장학금을 받아 고등학교 교복을 해 입었다. 키가 170cm가 넘는 조카는 새로 맞춘 교복 입은 사진을 찍어 가족들 간의 소통방에 올려놓았다. 제법 의젓해 보였다.

여동생의 대학생 아들도 외할머니 장학금을 받았다. 디자인을 전공하는 이 조카는 대학 졸업할 때까지 명근 장학금 수혜자였다. 장학생이 된 이후 힘을 얻은 덕분인지 공모전에도 여러 번 당선되었고 졸업 전 방학에는 대기업 인턴사원으로 뽑혀 열심히 훈련을 받았다. 지금은 어엿한 전문 디자이너가 되어 활동하고 있다.

나의 어머니 이명근 여사는 2005년 췌장암으로 세상을 떠나셨다. 세상 물정이라고는 전혀 모르고 곱게 살림만 하던 여인이 서른아홉 나이에 남편을 잃고 억척스럽고 강인한 여인으로 변해갔다. 우리 2남 2녀를 반듯하게 키우신 자랑스러운 내 어머니다. 근검하고 절약하고 낭비할 줄 모르고. 자신에게는 그렇게 철저했지만, 의로운 일에는 아낌없이 베풀 줄 아는 분이셨다. 어머니는 자녀사랑이 남달랐다. 어머니가 남기신 정신적 유산을 생각하면 늘 아쉬운 빈자리가 크게 느껴져 가슴이 저리다.

장학회 운영과 결정은 간단하다. 학비가 가장 많이 드는 대학생이 가장 큰 수혜자가 되고 나머지 고등학생, 중학생들에게는 아주 조금씩 나누어 전달된다. 장학금을 받은 아이들은 가족

모임에서 각자 감사의 마음을 발표한다.

“존경하는 할머니를 다시 생각할 수 있어서 좋았습니다.”

“이담에 커서 꼭 보답하겠습니다.”

“제가 어른이 되면 도움이 필요한 사람에게 베풀 줄 아는 사람이 되겠습니다.”

그리고 모두 할머니의 추억을 서로 나눈다. 각자 자신의 기억 속에 자리한 어머니, 할머니의 모습을 떠올리며 흐뭇한 미소를 짓기도 하고 박장대소를 하기도 한다.

교복을 선물받은 조카는 중학교 졸업식에 오신 외할머니께 자랑했다고 한다. 친할머니 장학금으로 고등학교 교복을 맞추었노라고. 그러자 조카의 외할머니가 즉석에서 “나도 내 호를 따서 ‘연당 장학회’를 만들겠다”고 제안하셨다고 한다. 이 말을 전해들은 대기업 임원인 큰 남동생은 자기도 박사학위에 도전해보겠다고 말했다. 명근 장학회와 연당 장학회 양쪽에서 학비를 받으면 충분히 가능할 거라며 너스레를 떨었다.

이제는 대학 다니는 아이들이 세 명 정도만 남았으니, 더 이상 돈을 갹출하는 일을 그만해도 되지 않겠느냐는 의견도 나왔지만, 의논 끝에 우리는 이 장학제도를 계속 유지하기로 결정했다.

지금은 작은 시작에 불과하다. 그러나 이 아이들은 커서 사랑의 큰 빛을 기억할 것이다. 그때는 더 많은 장학금이 모일 것이다. 그리고 그 수혜 대상은 우리 집 손자손녀를 넘어 더 많은 아이들이 될 것이다. 그들에게도 이명근 할머니의 사랑이 넘치게 전해질 날이 올 것이다. 이것이야말로 생전에 그리하셨던 어머니의 뜻을 이어드리는 것이리라. 이 사랑의 고리가 계속 이어지는 날을 소망해본다.

다른 가정에서도 이러한 제도를 만들면 좋겠다는 생각이다. 할머니 할아버지는 어떤 형태로든 손주들에게 용돈을 주시기도 하고 선물을 하시기도 하지 않는가? 돌아가신 다음에 그분을 기리는 마음으로 장학회를 만들어도 좋고, 살아생전에 매달 주는 용돈을 그냥 주느니 '무슨무슨 장학회'라고 명칭을 붙여 지급하는 것도 좋으리라 생각한다.

할아버지 할머니가 한참 활동하실 때와 달리, 은퇴를 하고 나면 형편에 따라 돈의 액수는 조금씩 줄어들 수도 있다. 그리고 시간이 많이 지나 수입이 없어지신 다음에는 아예 줄 수 없으실 때도 생길 것이다. 그분이 아주 세상을 떠나신 다음에는 그 따스함이 아련한 추억 속에만 남아 있을 것이다.

생전에 베푸시던 그 마음을 돌아가신 후에도 오래오래 기린다면 얼마나 아름다운 일인가? 배려하고 나누는 미덕을 가르치고 실천하는 의미에서 집안 어른의 이름을 따서 만든 장학회는 참 좋은 제도라고 생각한다. 사랑이 흘러가는 것이고, 마음의 맥이 흐르는 일이기 때문이다.

마음속의 가족은 영원하다

지금은 세상을 떠난 로빈 윌리엄스가 주인공을 맡은 〈미세스 다웃파이어〉라는 영화가 있다. 아빠인 로빈 윌리엄스는 만화영화 더빙을 하는 배우인데 자유분방하고 재미가 넘치고 철이 없다. 세 아이들에게는 애들과 같은 눈높이로 잘 놀아주는 더할 나위 없이 좋은 친구다.

그러나 밥 먹듯이 실직을 반복하고 가장으로서의 현실적인 책임감이라고는 전혀 없는 남편과의 결혼생활을 더 이상 참을 수가 없게 된 아내는 헤어지겠다고 선언한다. 이제 아빠는 일주일에 단 한 번밖에 아이들을 만날 수밖에 없는 처지가 된다. 아이들이 보고 싶어 견딜 수 없었던 아빠는 아내가 베이비시터를 구한다는 신문 광고를 보게 되고, 궁리 끝에 가정부 할머니로 변장하여 자신의 집으로 들어가는 데 성공한다. 날마다 아이들을 만날 수 있게 된 것이다. 그 과정에서 여러 가지 폭소를 터뜨리는 사건들이 발생하고 결국 아이들도 아내도 '미세스 다웃파이어' 할머니가 아빠라는 사실을 알게 된다.

로빈 윌리엄스의 코믹 연기가 압권이어서 적어도 대여섯 번은 보았다. 그중에서도 내게 가장 여운을 남긴 인상적인 부분은 바로 마지막 장면의 대사였다. 오랫동안 실직상태였던 아빠가 드디어 일자리를 찾게 됐다. 바로 가정부 할머니 '미세스 다웃파이어'와 똑같은 분장을 하고 어린이들을 위한 TV 쇼에 출연하게 된 것이다.

한 어린이 시청자가 방송국에 사연을 보냈다.

"부모님이 별거에 들어갔어요. 오빠가 그러는데 우리는 이제 가족이 아니래요. 정말인가요? 전 가족이 없는 건가요? 다시 가족이 되는 법을 가르쳐주세요."

이 사연에 대한 미세스 다웃파이어 할머니의 답변이 마음을 깊이 울렸다. 1994년에 개봉한 영화인데 이미 그때부터 미국은 가정의 해체에 대해 많은 이야기가 오고 갔던 것이다. 지금 우리 주변에 꽤 많이 생겨나고 있는 가정의 문제들에 대한 답이 될 수 있는 따뜻한 시선이었다.

"부모님도 때론 싸울 때가 있단다. 그럴 땐 떨어져 지내는 게 더 좋을 수도 있지. 화해를 하면 다행이지만 그렇지 않더라도 슬퍼하진 말거라. 네 잘못이 아니야. 헤어졌다 해도 널 사랑하는 마음은 한결같단다. 가정에는 여러 종류가 있단다. 엄마만 있는 집, 아빠만 있는 집, 삼촌·이모와 사는 아이, 할머니와 사는 아이도 있지. 양부모님과 사는 아이도 있단다. 떨어져 사는 가족도 많아. 서로 수만 리 밖에 살면서 몇 달 혹은 몇 년 만에 한 번씩 만나는 이들도 있지. 하지만 서로 사랑하는 한, 마음속의 가족은 영원하단다. 용기를 내거라. 다 잘될 거야."

해마다 5월은 가정의 달로 어린이날, 어버이날, 성년의 날, 부부의 날이 있는 달이다. 어린이, 아버지, 어머니, 부부……. 살며시 소리를 내어 읽어보기만 해도 가슴 설레고 따뜻하고 싱그럽고 그리움에 마음 저릿한 말들이다. 그러나 요즘처럼 해체된 가정이 많은 때엔 알리고 싶지 않은 가족사도 많이 있으리라. 결혼했다 돌아온 딸도 있고, 자식 딸린 아들이 다시 본가에 들어와 사는 집, 나이는 하염없이 먹는데 시집갈 생각을 아예 안 하는 커리어 우먼 등. 가끔은 널리 자랑하고 싶은 자녀도 있지만 누가 물어볼까 걱정되는 가족도 분명 있다. 거짓말을 할 생각은 없지만, 내놓기에는 맘 내키지 않는 가족사들이 있다는 것이다.

얼마 전에 들은 두 딸의 간을 이식받아 목숨을 건져야 하는 아버지의 안타까운 이야기며, 큰 기대를 하고 결정한 결혼이 지옥보다 더 끔찍하게 된 이야기, 딸을 만나러 비행기를 타고 가다 하늘나라로 떠난 젊은 아빠의 소식 등 우리 주변엔 소설이나 영화보다 더한 이야기가 많다.

아, 인생은 아리고 슬프다. 그렇지만 미세스 다웃파이어 할머니의 말처럼 서로 사랑하는 한 마음속의 가족은 영원하다. 아픔과 슬픔 가운데도 잊지 말아야 할 것은 우리가 서로 사랑하고 있다는 사실이다.

뿐만 아니라 찾아뵐 어머니나 아버지가 살아 계시면 좋겠지만 그렇지 않은 가정도 있고, 손잡고 뛰어놀 아이를 잃어버린 아픈 부모도 있을 것이다. 자신의 가족이 소중한 만큼 이웃의 상처를 함께 헤아리는 마음도 있으면 좋겠다. 이웃의 상처는 헤아리고 위로해주고, 그 앞에서 내 행복은 너무 자랑하지 않았으면 좋겠다.

우리 모두에게 마음속의 가족은 영원하다.

50대 은퇴하는 동생에게

특강을 갈 때마다 나는 하프타임 이야기를 한다. 내가 누구인지 나의 삶의 목적은 무엇인지, 그리고 그걸 깨닫고 난 후 후반전 삶에서 나는 무엇을 할 것인지 결정하라고 목청을 높여 이야기 한다. 그러면서 이렇게 말한다.

"하프타임은 기대수명 70세라고 35세에 하는 것이 아닙니다. 이제 100세시대가 됐다고 50세까지 기다려서 하는 게 아닙니다. 깨달은 바로 그때 하는 것입니다. 20대도, 70대도 하프타임 할 수 있습니다."

국내 손꼽히는 대기업의 임원이었던 동생이 은퇴한다는 소식을 들었을 때 동생은 50대 초반이었다. 그는 가족들 간의 소통방에 글을 올렸다.

"오늘 자로 자유인이 됐습니다. 31년간 무탈하게 좋은 직장 허락해주신 하나님께 감사 올립니다. 응원해주신 형제들 고맙습니다."

31년간 줄기차게 달려온 삶의 바로 다음 날, 그는 그렇게 대낮에 큰 대 자로 침대에 누워 은퇴자의 첫날을 맞았다.

대기업 임원은 그런 것인가? 나 같은 사람은 흉내조차 못 낼 살인적인 스케줄을 소화하며 살았다. 새벽 3시면 일어나 회사로 달려가 열심히 운동을 했다. 땀을 닦은 후, 업무 준비를 했다. 군살 없는 단련된 몸매도 임원의 조건이었나 보다. 이어지는 회의와 업무로 밤늦도록 숨쉴 틈 없었을 텐데 어김없이 다음 날 새벽 3시에 기상했다. 출장은 얼마나 잦은지 여러 나라 업무가 있을 땐, 비행기에서 밤을 보내고 날마다 회의의 연속이었다. 초 단위, 분 단위로 세계를 누비며 일했다.

그의 아들이 편지를 보냈단다.

"아빠, 30년 동안 너무나 대단한 회사를 다니셨어요. 수고하셨어요. 저희 가족이나 사실 거의 누구나 그걸 진짜 대단하다고 생각하고 있는 것 아빠 당연히 아시겠죠? 너무 젊은 나이에 가정을 이루시고 그동안 놓치셨던 것들을 이제 마음껏 즐기실 수 있다는 게 아주 좋네요. 그동안 가족을 위해 아빠가 너무나도 많은 희생을 해오셨는데 이제 신나게 노셔야죠. 쫌만 기다리세요. 아빠의 희생, 제가 당연히 꼭 되갚아드리겠습니다. 이제 드디어 드론!”

다정한 여동생은 간단하지만 정답게 말했다.

“이제 꿈꾸던, 하고 싶던 모든 일 다 해.”

무슨 영문인지 서너 살 꼬마 때부터 형을 ‘형님’이라 불러, 동네 사람들의 웃음을 자아냈던 막내가 이어 이렇게 썼다.

“그동안 수고하셨다는 말씀 먼저 드립니다. 언젠가는 맞아야 할 일이지만 그 시점이 지금이라는 것에 아쉬움도 많을 것 같습니다. 새로운 자유가 기다리는 것은 참으로 즐겁고 기대되는 일일 것 같습니다. 일과 자리가 바뀌어도 형님의 존재는 변함없으니 이젠 정말 행복한 시간 보내시길 바랍니다. 그동안 수고 많이 하셨습니다, 형님.”

형은 대답했다.

“아쉽지 않아. 나름 완성도 있고 영광스런 퇴임이라네. 최근 일 년간 몹시 힘들기도 했기에 더 후련하고 기쁘고.”

나는 그에게 할 말을 미처 준비하지 못했다. 어머니가 살아 계셨다면 그랬을 것처럼 자꾸 눈물이 나올 뿐이었다. 이게 무슨 감정인지 나도 모르겠다. 고맙고 기특하고 애잔하고 가슴 한 조각이 뚝 떨어져 나간 것처럼 허전하기도 한, 뭐 그런 감정이었던 것 같다.

눈물을 훔치며 답을 보냈다.

"자랑스러운 내 동생의 결정이니 나는 무조건 환영이네. 그동안 수고 많았고, 애프터 하프타임이 기대되는군."

100세시대여서 다행이다. 100세시대에 50대 은퇴라면 아주 바람직한 것 아닌가? 좀 더 시간이 지나 제2의 인생을 다시 설계하려면 몸도 마음도 지쳐 있을 텐데, 지금 건강하고 활기 넘치는 한창 때여서 다행이다. 사관학교 같았던 직장생활 31년은 그에게 무형의 귀한 자산을 선사했을 것이다. 그의 애프터 하프타임이 기대된다.

인간의 수명은 누구도 알 수 없다. 따라서 하프타임을 준비하는 시기도 알 수 없고 정해져 있지도 않다. 준비 없이 다가온 은퇴를 맞아 우왕좌왕하지 말고 그 중요성을 깨달은 바로 그때 모두 하프타임이라 생각하고 인생에 대해 심사숙고해보기 바란다. 후반전 승리의 휘슬이 울리는 소리를 반드시 듣기 위해서 말이다.

내가 생각하는 노인은?

나는 외할머니 손에 컸다. 엄마가 직장에 나가셔야 했기 때문에 우리 4남매는 할머니가 다 먹여주시고 입혀주시고 키워주셨다. 할머니의 헌신, 끝없는 사랑은 늘 눈물의 샘이었고 착한 감성의 원천이었다. 따로 말로 하진 않으셨지만, 그분의 삶의 모습으로 세상의 모든 아픔을 공감할 수 있는 능력을 배웠다.

자랑하고 싶은 것도 제일 먼저 할머니, 맛있는 것도 할머니, 미안한 것도 할머니였다. 아나운서 연수를 마치고 종합평가에서 우수한 성적을 냈다고 부상으로 라디오 한 대를 상품으로 받았다. 가장 먼저 달려가 할머니께 드렸다. 체육대회 때 받은 기념 수건, 상품을 싸온 노란 보자기, 분홍색 보자기도 할머니께 가져다 드리면 귀한 보물처럼 차곡차곡 모아두신다. 기뻐하시는 할머니 얼굴 보는 게 좋아 나는 월급을 받으면 그 길로 떡집으로 달려가 할머니가 좋아하시는 인절미를 사다 드리곤 했다.

대학 입시에 떨어지고 이불을 덮어쓰고 울고 있을 때도 그 이유는 날마다 정성스레 도시락을 싸주신 할머니께 기쁨을 드리지 못한 자책 때문이었다. 요즘 아이들에게는 이런 할머니가 있을까?

우리나라는 이제 할아버지, 할머니의 숫자가 아이들의 숫자보다 더 많은 나라가 되었다. 65세 이상 고령 인구가 15세 미만 유소년 인구를 추월했다고 한다. 전체 인구 중 14.2%를 차지한다. UN은 65세 이상 인구가 7% 이상이면 '고령화 사회', 14% 이상이면 '고령사회', 그리고 20%를 넘기면 '초고령사회'로 분류한다. 우리나라는 2000년에 '고령화 사회'로 들어섰다가 17년 만에 '고령사회'가 됐다. 이렇게 노인들의 숫자는 많은데 과연 아이들의 마음속엔 따뜻한 할머니, 할아버지가 있을까 의문이다. 현대 핵가족시대에는 할머니, 할아버지의 정을 알기가 힘들다. 그렇다면 어떤 방법이 있을까?

나의 제안은 청소년과 실버 세대를 연결해주는 것이다. 노년 인적 자원을 세대 간 소통과 멘토링으로 100퍼센트 활용하자는 말이다. 이미 성공사례도 있다.

안동청소년문화센터에서는 '나도 손자 손녀, 할매 할배 있어!'라는 흥미로운 프로그램을 진행했다. 격 세대 간의 고정관념을 깨고, 소통의 자리를 마련하기 위한 것으로, 지역사회 안에서 대상을 서로 매칭하고 1·3세대 간의 소통을 도모하는 기회를 제공했다. 어르신과 중학교 1~3학년 학생들 각각 20명씩 참가해 미팅하듯 1대1로 짝을 지었다.

먼저 서먹서먹함을 깨뜨리기 위해 퀴즈 풀기 등 놀이를 거친 후 어르신에게 스마트폰 사용법을 알려드리고 서로 문자보내기를 했다. 프로그램의 하이라이트는 함께 요리하기. 솜씨 좋은 어르신 한 분이 요리 선생님이 되어 고유의 음식을 만들어보는 '울 할매의 부엌' 시간이었다. 고추장떡, 우엉김밥, 매실청, 고추장을 직접 만들었다. 요리하는 동안 참가자들 사이에는 소속감과 연대감이 생기고, 인스턴트 음식에 길들여진 청소년들이 우리 고유 음식의 깊은 맛을 발견하게 됐다.

특히 관심을 끈 것은 이 프로그램을 진행하기 전과 후 청소년들의 반응이었다. 주최측은 청소년들을 대상으로 설문조사를 하여 노인에 대한 생각을 알아보았다. 참가한 중학생들은 '내가 생각하는 노인은?'이라는 질문에 답했다. '깨끗하다/지저분하다', '잘생겼다/못생겼다', '재주가 많다/잘 하는 게 없다', '명랑하다/

우울하다', '중요하다/쓸모없다', '너그럽다/이기적이다', '부지런하다/게으르다', '건강하다/허약하다' 등 20개 항목에 답했다.

설문지 분석 결과, 청소년들은 프로그램에 참가한 이후 노인에 대한 인식이 현저히 바뀌었다고 답변했다. 물론 긍정적으로 말이다. 자신들이 생각하던 것보다 더 깨끗하고, 훨씬 더 건강하며 세련되고, 친절하다고 말했다. 처음에는 어색해서 말도 잘 못했지만, 할아버지의 칭찬을 받으니 기뻤고, 마음을 열게 되었다고 한다. 함께 게임을 하고 스마트폰 사용법을 가르쳐드린 할머니가 다음 날 김밥 만드는 데 안 오시자 무척 서운해하기도 했다.

포항시청소년재단에서도 비슷한 프로그램을 진행했다. '할배할매 사랑해요'라고 이름 붙인 프로그램을 통해 30여 명의 할배할매와 청소년들은 함께 김밥도 말고 윷놀이도 하고 카카오톡 친구도 맺었다. 이들은 이렇게 다양한 활동을 통해 세대 간 벽을 허물고 소통의 장을 마련했다. 70세 된 한 할아버지는 칠십 평생 김밥을 말아본 것이 처음이라고 하며 청소년 세대들이 올바르고 건강하게 자라주길 바란다고 그 사랑을 표현했다. 참가한 청소년들은 스마트폰으로 할아버지 할머니의 사진을 찍어 드리며 서로 소통하는 시간을 보냈다.

인천문화재단에서는 자라나는 아이들을 위해 어르신들이 동요를 만들어 선사하는 프로젝트를 진행하고 있다. '할아버지가 만든 동요인데 한 번 불러볼래?' '할머니가 만든 노래야, 할머니가 한 번 불러줄게.' 이러한 프로젝트를 통해 세대 간의 사랑도, 우리의 문화와 전통도 자연스럽게 물 흐르듯 전해지는 것이라고 생각한다.

할아버지, 할머니의 따뜻한 정을 그리워하는 청소년들이 있다. 그리고 무한대의 사랑을 퍼주고 싶은 많은 노년 인적 자원들이 있다. 문제는 이 양측을 어떻게 이어주느냐는 것이다. 한국청소년활동진흥원 이사장으로 재직할 때, 정말 하고 싶어 한 일 중 하나가 바로 그런 것이었다. 그렇게 하기 위해서는 먼저 장년 이상의 인적 자원을 파악하고, 그 인력을 전문적으로 모으고 분류하는 일을 해야 했다. 그리고 각각의 전문성에 맞게 실버 세대와 청소년들을 멘토와 멘티로 엮어주는 일을 맡기는 작업을 해야 한다고 생각했다. 결국은 꿈만 꾸고 2년간의 임기 동안 추진하진 못했지만 언젠가는 누구라도 해야 할 일이라고 생각한다. 어떤 정책을 마련해 이들을 자연스럽고 행복하게 연결해주느냐? 이를 위해 사회와 국가가 너무 늦지 않게 얼른 나서 주길 바란다.

나도 늙어보긴 처음이야

어느새 나 자신이 60대 문턱에 들어섰다. 당혹스런 일들이 피부로 느껴지기 시작했다. 나를 둘러싼 많은 것이 변하고 나도 변하고 있다. 겉으로 보기엔 평온한 듯하지만 맞닥드리는 일들이 예전 같지 않다. 몸의 각 기관이 나이 생각을 하라고 시위를 하는 듯하다. 어깨가, 눈이, 치아가, 팔다리 근력이, 기억력이 예전 같지 않아 답답하기 이를 데 없다.

친구들끼리 나누는 얘기도 변했다. 한때 아이들이 한참 자랄 때는 어떤 학원이 좋고, 어떤 과외선생님이 좋은지 정보를 나누느라 골몰하더니, 이젠 좋은 의사선생님과 병원 정보를 교환하고 좋은 약 소개받느라 신경을 곤두세운다.

연로하신 부모님 모시는 이야기도 빠지지 않는다. 시어머니가 무릎수술하시고, 친정아버지는 넘어지셔서 입원하셨단다. 요양병원은 어디가 좋고, 어느 요양원엔 절대 가면 안 된다고 정보를 공유한다. 한 친구의 치매 걸리신 어머니 이야기가 나오자 처음엔 배를 잡고 웃다가 모두 슬퍼져 눈가를 적시기도 한다. 주간보호센터에 가신 이후로는 환자도 돌보는 가족도 모두 마음 놓게 된 이야기를 들었을 땐 안도의 한숨이 나왔다.

그다음은 자녀 시집장가 보내는 이야기에 손자손녀 이야기가 자연스레 이어진다. 언제부턴가 세어보니 열 명쯤 모이면 절반은 자녀 출가시킨 친구들, 반은 아직 짝을 찾지 못한 자녀가 있는 집이다. 출가시킨 자녀 중에도 반은 손주가 태어난 집, 나머지 반은 기다려도 아직 애기 소식이 없는 집이다. 그래서 손주 자랑은 아무래도 눈치가 보인다.

공동 대화방에 이쁜 손자손녀 자랑 좀 해보라고 누가 말문이라도 열면 올라오는 사진과 소식이 요란할 정도다. 황혼육아로 피곤한 할머니들이 그때만은 얼굴이 활짝 핀다.

직장생활로 바쁘던 친구들은 그들대로, 오랫동안 살림만 하던 친구들은 또 그들대로 오랫동안 열망했지만 여러 가지 이유로 하지 못했던 일들을 꿈꾸고 있었다. 더 나이 들기 전에 자전거

타기에 도전하는 친구도 있고, 틈만 나면 여행을 떠나는 친구도 있다. 다리가 떨리기 전에 가슴이 떨릴 때 떠나겠다는 생각이란다. 대학교수인 친구는 5년 후 은퇴를 앞두고 미리 공부하는 게 있다. 전공과는 전혀 다르게 놀랍게도 부동산 공부를 하고 있다고 했다.

"디자인, 안 해?" 하고 묻자, "그건 평생 했잖아" 하며 싱긋 웃는다.

형제간에 베푸는 일에 즐거움을 느끼는 친구도 있다. 평생 초등학교 교사로 일하다가 올 초에 은퇴한 친구는 요즘 베푸는 기쁨에 가득 차 있다. 딸 부잣집 막내인 그녀는 그동안 바빠서 마음을 전하지 못했던 언니들에게 해외여행을 통 크게 선물하고, 맛있는 집에 초대해 근사한 저녁을 사기도 했단다. 전화선 너머로 들려오는 그녀의 목소리가 행복으로 가득하다. 행복은 자기가 남을 위해 돈을 쓸 때 더 느낀다는 말이 맞는 것 같다.

실제로 한 연구에 따르면 남에게 돈을 쓰는 사람이 자기 스스로를 위해 소비하는 사람보다 더 큰 행복을 경험한다고 한다. 보너스를 받은 직원 16명을 8주 후에 조사해보니 자신을 위해 돈을 쓴 사람보다 자선단체에 기부하거나, 다른 이를 위해 돈을 사용했다는 사람이 더 행복하게 느끼고 있었다. 곧 돈을 얼마나 가졌느냐가 아니라 어떻게 쓰느냐에 따라 행복이 달라진다는 것이다.

《굿 라이프》를 쓴 서울대 최인철 교수는 인생은 외줄타기가 아니라고 말한다. 행복해지는 방법은 여러 가지가 있고, 서로 다른 여러 상황에서 사람은 행복을 느낄 수 있다는 것이다. 돈이 인간의 행복에 관계는 있지만, 돈이 도움도 되기도 하고 그렇지 않을 수도 있다고 한다.

'그래, 이제 나도 인생의 황금기에 들어섰어. 재미있고 빛나게 살기 위해선 부정적인 면보다는 인생의 밝은 면에 주목할 필요가 있지.'

스스로에게 다짐했다. 젊은 척, 어린 척, 주름 없는 척, 너무 강인한 척하지 않을게. '아줌마'라고 불러도, '어머님이……'라고 말을 시작해도 기분 나빠하지 않을게. 잇몸이 예전같이 튼튼치 않아도, 귀가 좀 안 들려도, 애들이 하는 말 잘 알아듣지 못해도 서러워하지 않을게. 눈이 잘 안 보여 책읽기가 불편해도 짜증내지 않을게. 어깨가 점점 얼어붙는 듯하며 팔을 들어 올릴 수 없어도 이젠 순순히 받아들일게.

그래도 아직은 좀 참아줘. 짜증내고 섭섭해해도 조금 참아줘. 왜냐하면 나도 아직 낯설거든. 나도 늙어보긴 처음이라서.

좋은 습관

엄한 아버지 밑에서 자란 덕분에 내게는 잘 길러진 좋은 습관이 하나 있다. 그것은 음식을 천천히 꼭꼭 씹어 먹는 것이다.

어렸을 적 우리 집 특별식은 엄마의 손칼국수였다. 엄마는 밀가루를 직접 반죽한 덩어리를 빨래 방망이로 넓적하게 밀었다. 그리고 그 위에 하얀 밀가루를 얇게 발랐다. 마치 화장을 하듯 말랑말랑한 반죽 겉을 밀가루 분을 묻혀 손바닥으로 곱게 쓸었다. 그러고 나선 그걸 차곡차곡 접는다. 반을 접고 또 반을 접고 드디어 현란한 칼질이 시작됐다. 가지런히 썰린 국수 가락을 서로 달라붙지 않게 훌훌 털어 채반에 올려놓으면 면 준비가 끝난다.

진하게 우려낸 멸치 국물이 하얀 김을 내며 펄펄 끓으면 곱게

분 바른 면발들이 쏟아져 들어간다. 밀가루가 익으면서 국물도 걸쭉해진다. 마지막으로 큰 대접에 펄펄 끓는 칼국수가 먹음직스럽게 담기고, 그 위에 다진 고기와 양파, 호박 볶은 것을 고명으로 얹어 상위로 나온다.

별미 특별식을 하는 날엔 나의 두통도 시작됐다. 난 칼국수가 싫었다. 걸쭉한 국물도 싫었고 멸치의 비린 냄새도, 푹 퍼진 국수도 싫었다. 내 맘을 잘 아시는 외할머니는 슬며시 찬밥을 챙겨두셨다. 친할아버지, 고모, 외할머니, 동생들, 온가족이 모두 떠들썩하게 침을 꼴깍 삼키며 앉을 때, 나는 아버지와 가장 먼 쪽에 자리를 잡았다. 그리고 외할머니가 살그머니 올려주신 밥공기의 밥을 한 술 뜨기 시작했다.

그때 아버지의 불호령이 떨어졌다.

"왜 너만 따로 밥을 먹느냐. 엄마가 정성껏 만들어주신 칼국수를 먹어야지. 음식은 뭐든 가리지 말고 잘 먹어야 한다."

나는 눈물이 그렁그렁 맺힌 채 밥그릇을 내려놓고 억지로 칼국수를 입에 넣었다. 아버지는 그렇게 엄한 분이셨다.

또 하나 아버지의 엄한 규칙 중 하나는 식사 도중엔 물을 먹지 말라는 것이었다. 밥을 먹다가 물을 마시면 대충 씹어 넘기게 되니 소화가 안 된다는 주장이셨다. 어린 우리 남매들은 원래 그런가 보다 하며 순종해 아예 습관이 됐지만 어른이 다 되어 아빠를 만난 우리 엄마는 밥상자리가 가시방석이었다고 하셨다. 왜냐하면 엄마는 어려서 물 말아 밥 먹는 걸 좋아하셨고, 국이나 물을 마셔야 밥이 술술 넘어가는 사람이었기 때문이다.

어렸을 적엔 밀가루가 그렇게 싫던 나도 커가면서 맛있는 밀가루 음식에 맛을 들이기 시작했다. 학교 앞에서 파는 라면이 맛있었고, 자장면이나 우동의 면발에 중독되다시피 했다. 게다가 갖가지 모양과 풍미로 만드는 빵과 과자는 어쩜 그렇게 맛있는지 도저히 피해갈 수 없는 기호품이 됐다.

그런 중에도 식사 중 물을 안 마시는 습관은 계속됐다. 물 없이 먹다 보니 꼭꼭 씹어 먹어야 음식이 넘어갔고 식사 속도는 자연히 느려질 수밖에 없었다. 오래된 직장생활에도 그 버릇은 고치지 못했다. 빨리 먹는 사람 앞에서는 공연히 마음이 급해졌고, 조심스런 분 앞에서는 먹다가 숟가락을 놓기도 했다. 그나마 좀 편한 사람 앞에서는 끝까지 오랫동안 양껏 먹을 수 있었다.

그런데 요즘, 나의 식성이 또 변하기 시작했다. 젊었을 때는 그야말로 돌을 씹어도 소화가 되는 때이니 무엇을 먹어도 상관이 없었는데, 지금은 가능하면 밀가루보다는 밥을 먹을 때가 뱃속이 편하다. 과자와 빵에는 예전만큼 손이 빨리 가지 않는다. 아직도 곳곳에 널린 갖가지 모양의 과자와 빵들이 눈길을 사로잡지만 내가 먹을 것이라는 생각은 들지 않는다.

식사 중 물을 마시지 않는 습관은 아직도 여전하다. 요즘은 방송에서도 밥을 오래 씹어야 한다고 가르쳐준다. 특히 현미 같은 곡물은 아주 많이 씹어 입에서 죽이 되도록 만들어 넘겨야 한다고 들었다. 몸에 좋은 것이라고 하여 일부러 찾아먹는 현미밥도 대충 씹어 넘기면 췌장을 아주 힘들게 하기 때문에 오히려 몸에 이로울 게 없다는 얘기다. 그리고 물은 식사와 식사 사이, 그러니까 아침식사와 점심식사 사이, 점심식사와 저녁식사 사이에 충분히 많이 마셔주라고 한다.

이런 몇 가지 경험으로 볼 때, 결론은 첫째, 사람은 자기가 가지고 태어난 체질이 있다는 것이다. 골고루 먹는 게 좋다고는 하나 어떤 사람은 고기가, 또 어떤 사람은 생선이 맞는 것처럼 뿌리채소가 맞는 사람이 있고, 잎채소가 몸에 좋은 사람도 있을 것이다. 그래서 과거엔 젊은 혈기로 모든 음식을 먹어치웠다 해도 이제는 가만히 몸의 소리를 들어보면서 무슨 음식이 내게 맞는지 알아야 할 때다. 또 한 가지는 좋은 습관은 어렸을 때부터 기르고 오래도록 지켜야 효과가 있다는 사실이다. 다 자란 후에 연습해서는 힘이 배로 든다.

좋은 습관은 때로 불편해도 정말 좋은 것이라면 오래 지켜나가는 것이 좋다.

나에게는 안 해가 있다

'나에게도 아내가 있었으면 좋겠다.'

직장에 다니는 여성이나 일하는 엄마, 심지어 전업주부도 마음속에 지니고 있는 말이 있다. 소리 내어 말하진 못해도 힘들고 고단할 때마다 이런 생각이 입 밖으로 나오려 한다. 누가 내 손 좀 잡아주었으면, 누가 내 일손을 거들어주었으면 할 때마다 터져 나오는 말이다.

"나에게도 아내가 있었으면 좋겠다."

그런데 나에게는 안해가 있다.

나의 안해는 학교로 출근하는 나를 위해 오늘의 날씨를 먼저 확인해준다. 오늘은 기온이 떨어졌으니 따뜻하게 입고 나가요.

비가 와요. 길이 미끄러우니 조심조심 운전해야 해요.

부엌으로 나가 함께 아침을 준비한다. 안해는 토스트를 굽고 나는 따뜻한 차를 끓인다.

아침식사 자리에서 오늘 서로가 할 일을 이야기한다.

현관을 나설 때 다시 한 번 당부한다. 아니 잔소리를 한다. 차 운전하면서 스마트폰 들여다보면 안 돼요. 즐거운 마음으로 가요. 너무 힘들면 대충대충 해요. 일하다 하기 싫으면 그만둬요. 집으로 돌아와요. 내가 있잖아. 마음이 무겁게 나가는 나를 결국 싱긋 웃게 만든다. 표현은 그렇게 해도 내가 일하는 것을 가장 응원하는 사람은 안해인 것을 나는 잘 알고 있다. 나의 미소 끝에 또 한마디 덧붙인다. 시간 나면 학교 근처에 가서 맛있는 것 사 먹어요.

복잡한 퇴근시간 두 시간 가까이 운전하고 오느라 파김치가 되어 돌아온 나에게 안해는 즐거운 제안을 한다. 우리 나가서 맛있는 거 먹어요. 오늘은 양푼이 김치찌개 어때요? 아니면 아지매 동태찌개를 먹으러 갈까? 부엌으로 들어가지 않는 것만도 기쁜 나는 얏호! 하면서 함께 뛰어나간다.

안해는 뉴스는 꼭 보아야 하는 사람이다. 그래서 시시각각 새로 나오는 뉴스를 채널을 돌려가며 시청한다. 그러며 간혹 불평을 한다. 어째서 뉴스가 다 똑같지? 이쯤에선 나도 잔소리를 덧붙인다. 아까부터 똑같은 뉴스를 반복해 보니 그게 그거지요. 나도 다 외우겠어요. 그러면 말 잘하는 안해는 대답한다. 뉴스가 뭐예요? 새로운 소식이라는 뜻 아니오? 그러니 계속 새로운 게 나와야지. 말로는 안해를 당할 수가 없다.

뉴스 외의 시간에 안해는 클래식 음악을 듣는다. 케이블 TV 채널 CLASSICA와 ARTE를 거의 고정해놓고 듣는다. 어느 휴일, 느긋하게 TV를 보고 있을 때, 안해는 노래를 따라 부르기 시작한다.

"Che gelida manina……."

파리에 살고 있는 가난한 예술가들의 얘기를 담은 푸치니의 오페라 〈라보엠〉 중에 나오는 아리아다. 가난한 젊은 화가 로돌포가 폐병으로 죽어가는 아름다운 여자 미미와 사랑이 시작되는 장면에서 부르는 노래 〈그대의 찬 손〉이라는 아리아인데, 한두 소절 따라하나 보다 했는데, 웬걸, 그 아리아를 끝까지 다 따라 부르는 게 아닌가. 그것도 원어 가사로. 비록 세월이 지나 목소리는 기름지지 않았지만 발음도 생생하게 아리아를 이어나갔다. 클래식 음악 프로그램을 7년간 진행한 덕에 유명한 오페라의 아리아는 자신있게 안다고 여기던 나도 첫 소절 정도나 알고 있을 뿐인데 말이다. 고등학교 시절, 훌륭한 음악 선생님을 만나 좋은 노래를 많이 배운 덕분이라고 한다. 젊은이의 꿈과 낭만을 맘껏 키워주셨다고 자랑하던 선생님의 업적이 생생하게 남아 빛나는 순간이었다.

안해가 요즘 자주 부르는 노래는 〈은발Silver Threads among the Gold〉이라는 곡이다. 검은 머리(서양 사람들은 금빛 머리칼) 사이로 흰 머리칼이 비칠 때 젊은 날을 추억하는 노래다.

'젊은 날의 추억들 한갓 헛된 꿈이랴 윤기 흐르던 머리 이제 자취 없어라 오 내 사랑하는 님 내님 그대 사랑 변찮아 지난 날을 더듬어 은발 내게 남으리.'

그리고 마지막 소절을 영어로, 'Yes, my darling you will be always young and fair to me'라고 부를 땐, 가슴이 저릿하다. 이브 몽탕의 〈고엽〉도 안해의 애창곡이다. 노래가 시작될 때 영화의 대사처럼 프랑스어로 시를 읊조린다. 예전엔 TV 프로그램에 나가 이 노래를 부른 적도 있다.

나는 올빼미형 인간이다. 아침엔 일어나기가 어렵지만 밤에는 꽤 늦은 시간에도 깨어 있을 수 있다. 아니 밤이 깊을수록 집중이 더 잘 된다. 그래서 나의 생산적인 일들은 모두 늦은 밤 시간에 이루어진다. 밤늦은 시간에 다음 날 수업 준비를 하거나 읽어야 할 것들을 붙잡고 있으면 안해는 공부방에 들어와 또 잔소리를 한다. 일찍 자고 내일 또 해요. 잠을 못 자면 내일 또 일할 수가 없지. 맞는 말이기는 하지만 오늘 할 일과 내일 할 일이 따로 있지…… 하며 나는 조그만 소리로 불평을 한다. 그래도 마지못해 잠을 청하러 간다. 내가 그나마 과로하지 않고 건강을 유지하고 사는 것은 모두 내 안해 덕분이다.

그래도 원고 마감 같은 일감이 몰리면 안해는 즐거운 제안을 한다. 크고 널직한 책상이 있는 카페로 나가자고 내 손을 끈다. 컴퓨터와 자료를 싸가지고 나가 내가 작업을 하는 동안 안해는 맛있는 음료도 사주고 착한 아기같이 책을 보며 옆에서 기다려 준다.

내 글이 신문이나 잡지에 나오면 읽어봐준다. 그 전엔 바빠서 건성건성 잘 읽어주지도 않았는데, 요즘은 아주 정성껏 읽고 코멘트도 해준다.

"아주 잔잔하게, 평범하지만 마음을 울리는 이야기네요. 참 좋아요."

이렇게 칭찬도 아끼지 않는다.

나의 안해는 나를 아내라고 부른다. 그리고 그는 나의 마음 안의 뜨거운 해와 같은 존재, 나의 남편이다. 내가 그에게 알뜰살뜰하게 잘 해주는 아내는 아니지만, 마음은 늘 잘 해주고 싶은, 그는 나의 삶의 기둥이다. 나는 그의 응원으로 날마다 새 힘을 얻고, 연약함을 강인함으로 바꾼다. 마음이 여린 나는 걱정과 근심을 할 때도 있지만 늘 긍정적인 그가 보여주는 희망과 위안이 언제나 우리를 삶의 밝은 편에 서 있도록 만들어준다.

고마운 사람, 나에게는 안 해가 있다.

100가지 감사

지난해 말, 나는 남편과 딸아이에게 각각 〈100가지 감사〉를 썼다. 성탄절 선물로 주기 위해 시작한 일이었다. 어느 세미나에 참석해 삶과 죽음에 대해 진지하게 생각하며, 어느 날엔가 내가 없는 세상이 왔을 때(나이 많고 적음을 막론하고 사람은 누구나 그럴 가능성이 있으므로), 그때 후회하지 않게 가족에게 감사의 말을 전하고 싶었기 때문이다.

'100가지나? 그것도 감사하는 것만으로? 차라리 불만스러웠던 일, 섭섭했던 것, 앞으로 고쳐주면 좋을 것 등을 나열한다면 더 편하게 칸을 메울 수 있을 텐데……' 하며 펜을 들었다.

'100'이라는 숫자가 주는 부담만큼, 100가지를 쓰는 데 꽤 긴 시간 공을 들여야 했다. 우선 감사할 시기를 크게 네 부분으로 나누었다. 예를 들어 아이를 위한 감사에서는 처음 4분의 1은 아이가 태어났을 때부터 어린 시절, 이어서 학교 다닐 때 고마웠던 것과 지금 현재 고마운 것, 이어 마지막으로 앞으로 미래에 고마울 것들을 미리 생각해보면서 감사하기로 했다.

나는 네 부분의 여기저기를 오고 가며 빈 칸을 메꿔나갔다. 전체적으로 3분의 1쯤을 채우는 데는 문제가 없었다. 그런데 어느 순간, 더 이상 쓸 것이 없는 때가 왔다. 그래서 지나간 기록들을 들추기 시작했다. 내 일기, 메모, 사진첩이 요긴했다. 추억이 있는 곳에 감사가 있었다. 아이의 초등학교 시절 일기장, 상장, 트로피도 유용했다. 바쁘고 무심한 엄마에게 아이가 얼마나 큰 기쁨을 주었는지 새록새록 생각이 났다. 서툰 한글로 "엄마, 따랑해요"라고 쓴 것을 발견했을 땐 눈가가 촉촉해졌다.

이제 미래의 일에 감사할 때가 왔다. '만일 내가 없는 날이라도 이렇게 살아주면 고맙겠어요'라고 생각되는 것들을 써넣기 시작했다. 기도하는 마음이 되었다. 드디어 완성하여 남편과 딸에게 〈100가지 감사〉를 전달했다. 가슴이 두근거렸다. 직접 내밀기 쑥스러워 이메일로 보냈다. 집에 돌아왔을 때, 마구 감동해 눈물을 글썽이며 크게 안아주며 "여보, 고마워", "엄마 고마워요, 사랑해요"를 듣게 되리라 은근히 기대했다.

그런데 그게 아니었다. 이 쿨한 두 사람은 묵묵부답이다. 결국 마음 약한 내가 먼저 다그쳐 물었다.

"읽어봤어요? 내 100가지 감사 읽어봤냐고요?"

그제야 두 사람은 겸연쩍은 듯 고개를 끄덕인다. 세상에나.

그런데 신기한 것은 날이 갈수록 조금씩 놀라운 변화가 일어난 것이다. 서로 눈을 맞추고 말하는 일이 많아지기 시작했다. 그리고 내 말에 귀를 기울여주며, 답변하는 것이 조금씩 길어졌다.

더욱 놀라운 것은 나 자신이었다. 〈100가지 감사〉를 쓰기 시작했을 땐, '무엇무엇 때문에 감사'라고 시작했지만, 시간이 갈수록 가족의 존재 자체에 내가 감사하고 감동한다는 사실이었다. 그래서 감사는 기적이라고 말하는가 보다.

이제 나에 대한 감사도 100개쯤 적어볼 계획이다.

* 명동 근처에서 살다가 몇 년 전 이사 와서 경희궁터 근처에 살게 되어 감사. 무한히 평안하고 안정감을 느낀다. 때로 경희궁에 가서 궁터를 산책한다. 갈 때마다 평안하다. "여기가 좋은 걸 보니, 나는 전생에 왕족이었나 봐"라고 말해 남편이 실소를 금하지 못했다.
* 치아가 튼튼한 것 감사. 아직 틀니나 임플란트 같은 걸 생각하지 않고 있으니 다행.

⋆ 얼굴에 성형수술 하지 않아 감사. 그래서 웃을 때 마음껏 주름이 생겨 감사.

⋆ 60세인데 아직도 직장이 있어 감사. 은퇴하면 연금이 나올 거라 생각하니 더욱 감사.

⋆ 자상한 남편이 있고 귀한 딸이 있어 감사. 나보다 머리 하나는 더 큰 딸에게 기대어 "이렇게 큰 선물을 주셔서 감사해요"라고 할 만큼 키가 커서 감사.

⋆ 두 팔을 벌리면 그 길이보다 조금 더 긴 나무 책상을 맞춰 제작해준 남편에게 감사. 그 책상을 놓고 거기서 성경녹음도 하고, 책도 읽고, 글도 쓸 수 있는 내 방이 있어 감사.

⋆ 수영을 할 줄 아는 것 감사. 더 늙어서도 물에서는 얼마든지 놀 수 있어 다행이라 생각.

그렇다. 감사란 기적이다. 아주 사소한 것을 감사해하고 실패나 좌절한 것까지 감사해하더라도 결과는 놀랍도록 기쁨을 주기 때문이다. 이때 감사는 세 가지로 한다.

첫째는 '소소한 것에 대한 감사'다. 아침에 눈을 뜨고 새로운 하루를 살게 된 것에 대한 감사, 직립보행에 대한 감사, 내 힘으로 음식을 넘길 수 있는 것 감사 등 모든 게 다 감사다.

둘째는 '감사할 수 없는 것에 대해서도 감사'하는 것이다. 장미꽃도 감사하지만 장미꽃 가시도 감사하다. 시험에 떨어진 것도 일단 감사하다 보면 감사해야 할 이유가 명확하게 나온다.

마지막으로는 '미리 감사하는 것'이다. 오늘 있을 중요한 회의, 중요한 사람을 만날 계획, 어려운 협상 등을 미리 감사하면 의외로 잘 풀리는 것을 발견할 수 있다. 스스로 흙수저라고 생각되거나 몸이 아프거나, 밤에 잠이 잘 오지 않거나, 기쁜 일이 전혀 없거나, 내 인생만 곤고하다고 느끼는 사람이 있다면 오늘부터 하루 3가지씩 감사 일기를 써보기를 강력하게 권한다. 나도 모르는 사이에 인생의 밝은 면에 서서 웃고 있는 나를 발견하게 될 것이다.

3장

이른 나이도
늦은 나이도
없습니다

"목소리가 나는 한
나는 은퇴할 수 없습니다."

– 플라시도 도밍고

영원히 살 것처럼 꿈꾸고 내일 떠날 것처럼 사랑하라

세상을 언제 떠날지, 얼마나 더 살 수 있을지는 아무도 모른다. 그걸 알면 얼마나 좋을까? 그걸 알면 더 알뜰하게 삶을 살고, 낭비하지 않고, 후회하지도 않을 텐데. 그런데 이렇게 생각하다가도 차라리 모르기 때문에 우리는 용기를 내고 도전을 하고 때론 실수도 용서받는 것이 아닐까 싶기도 하다.

47세의 영리한 변호사 '안드레 프랑수아 라페리'는 최고급 아파트에 살고 있는 90세 '칼멘' 할머니와 특별한 계약서를 작성했다. 변호사가 할머니에게 매달 500달러씩 지불하기로 하고, 할머니가 세상을 떠나면 곧바로 라페리 변호사가 할머니가 살던 최고급 아파트로 들어간다는 내용의 계약이었다. 누가 보아도 이재에 밝은 변호사가 돈 많은 할머니를 감언이설로 속여 횡재를 하게 된 경우라 생각할 만도 하다.

이후 할머니는 32년을 더 살고, 변호사는 30년을 더 살았다. 한 번도 살지 못한 아파트 값으로 18만 4,000달러를 내고 77세에 세상을 떠난 변호사. 그 아내와 자식이 그 후에도 아파트 값을 지불했다.

"우리는 살다 보면 때로 계약을 잘못하는 수가 있지요"라고 칼멘 할머니가 말했다고 한다.

40대인 변호사는 적금을 납입하듯이 일 년 혹은 몇 년만 더 부으면 계약이 끝날 것이라고 생각했을까? 적어도 90세 할머니가 47세인 자신보다야 일찍 돌아가실 거라고 생각했을 것이다. 자신은 청년, 할머니는 노년이라 생각했던 라페리 변호사는 '연령차별(에이지즘Ageism)'에 사로잡힌 사람이었을 것이다. 젊은 사람은 앞으로 살아갈 날이 아주 많이 남아 있고, 나이 든 사람은 곧 삶을 마무리할 것이라는 고정관념 같은 것 말이다.

1969년 로버트 버틀러가 사용하기 시작한 용어 '에이지즘'이 최근 애슈턴 애플화이트의 책 《나는 에이지즘에 반대한다》에서 다뤄지고 있다. 저자는 연령차별에 반기를 들고 우리가 오랫동안 끈질기게 당해오면서도 문제시하지 않은 차별을 이야기하고 있다. 모든 사람이 평생 한 번은 당하고 절대로 피할 수 없는 일인데도, 우리는 우리가 그것을 당하고 있는지도 모른 채 줄곧 연령차별을 당해왔다고 주장한다. 이것은 젊은 사람에 대한 차별도 포함하지만, 대부분 노인에 대한 차별을 말한다.

성차별, 인종차별, 계급차별, 장애인차별과 같은 말을 하거나, 공인으로서 그런 행동을 저질렀다가는 큰일 나는 세상이다. 그런데 나이차별이라면 너무나 당연하게 생각하는 것일까? 남들에게서 차별당하는 것도 그렇지만 자기 자신 스스로에게도 예외는 아니다. '새파랗게 젊은 것', '고집불통 노인네' 등과 같은 표현을 당연하게 여기고 있으니 말이다.

그러나 오래전부터 이러한 에이지즘을 반대하며 생활에서 실천한 평범한 사람들도 많았다. 영국 유학 시절 머물렀던 하숙집 주인인 루이스 할머니는 누가 나이를 물으면 늘 32세라고 답했다. 이미 버스 무료 승차권이 발급된 나이였으나, 꼭 돈을 내고 타고 다녔다. 버스 안에 멋진 할아버지라도 타고 계실 땐 더욱 그랬다. 하얗게 센 머리칼을 가리려 금발의 가발을 쓰고 하이힐을 신고 시장을 보러 나갈 땐 아무도 그녀가 80세가 넘은 할머니라고 짐작하지 못했다. 아마도 루이스 할머니는 연령차별에 반기를 든 '마음이 씩씩한 젊은이'였다고 생각한다.

일본의 100세 시인 시바타 도요 할머니는 그냥 존재하는 것만으로도 위대한 나이에 정말 아름다운 시를 샘물처럼 펴냈다. 그녀는 〈저금〉이라는 시에서 이렇게 말한다.

난 말이지, 사람들이
친절을 베풀면
마음에 저금을 해둬
쓸쓸할 때면
그걸 꺼내
기운을 차리지
너도 지금부터 모아두렴
연금보다 좋단다.

얼마나 해맑고 순수한 시어들인지. 그녀는 자신의 시에서 마음의 비밀을 털어놓았다.

"나 죽고 싶다고 생각한 적이 몇 번이나 있었어. 하지만 시를 짓기 시작하고 많은 이들의 격려를 받아 지금은 우는 소리 하지 않아. 아흔여덟에도 사랑은 하는 거야. 꿈도 많아. 구름도 타보고 싶은걸."

오래전 외신으로 들은 한 프랑스 여성의 얘기 또한 참으로 감동적이다. 다발성 경화증과 유방암으로 시한부 인생을 살고 있던 릴리안 델투르라는 여성은 홀로 북서 아프리카를 횡단하기로 작정하고 모로코에서 길을 떠나 10개월 후 가봉의 수도에 도착했다. 그녀는 기쁨에 넘쳐 이렇게 외쳤다.

"내가 정말 해냈어요. 내가 여기 도착했다구요. 그리고 나는 아직 살아 있습니다."

퇴행성 질환인 다발성 경화증으로 주로 휠체어에 앉아 지냈던 델투르 부인은 어깨에 장비를 지고 북서 아프리카의 15개 나라를 모두 거쳐 왔다. 도착 장소인 가봉의 수도에서는 대통령이 직접 나와 환영했고, 프랑스 항공사 UTA는 그녀가 프랑스까지 돌아갈 비행기표를 무료로 제공하겠다고 밝혔다. '꼭 살아야겠다'고 작정하는 인간 앞에서는 나이도 건강도 무색하다는 얘기는 정말 맞는 말인 것 같다.

우리는 어떻게 태어날지는 선택할 수 없다. 그러나 적어도 어떻게 생을 마감할지는 선택할 수 있다. 급작스런 사고가 아니라면 말이다. 그래서 요즘은 웰다잉을 공부하고 죽음을 준비하는 사람들이 많다.

내가 요즘 진지하게 생각하고 있는 것은 '사전연명의료의향서 Health Advanced Directives' 작성이다. 말하자면 뇌기능의 심각한

장애나 질병의 말기, 노화로 인한 죽음의 임박 시기에 단기간 내에 죽음을 맞이할 가능성이 많다고 의사가 판단했을 때 필요없는 연명치료를 하지 말아달라고 의사표시를 미리 해놓는 것이다. 생의 마지막 단계에 무의미한 의학적 치료, 곧 심폐소생술이나 항암제 투여, 산소호흡기, 투석 등의 치료를 받지 않겠다고 미리 거절의사를 밝혀두는 것이다. 마지막 때에 환자 자신이 그런 의사표시를 하기 어려운 상황이 생길 수도 있으니 말이다. 나의 마지막 순간을 어떻게 보내고 싶은지는 당사자인 내가 맑은 정신을 가진 성인의 상태에서 충분히 결정할 수 있는 문제다. 이는 죽음의 문제라기보다 삶의 문제인 것이다. 어떻게 하면 인간의 존엄함을 훼손하지 않고 마지막까지 사느냐의 문제이기 때문이다. 이런 생각들로 말미암아 나의 살아 있는 날들이 더욱 소중하고 귀중하게 여겨진다.

최근 참석했던 세미나에서 들은 이야기가 귓가에 맴돈다.

'영원히 살 것처럼 꿈꾸고, 내일 떠날 것처럼 사랑하라.'

살든live, 떠나든leave 나이차별에 묶이지 말고 하루하루를 보석처럼 소중히 살아가라는 명령인 듯하다.

2018년 11월 26일, 나는 사전연명의료의향서를 작성했다.

당신은 영원히 서른두 살이에요

나이는 숫자에 불과하다고 했다. 마음먹기 따라서, 또한 관리하기 따라서는 얼마든지 젊게 살 수 있는 요즘 같은 시대에는 나이라는 숫자는 그저 숫자일 뿐이다. 70세 노인처럼 살면 노인이고, 서른 살처럼 살면 젊은이가 아니겠는가.

나이는 숫자에 불과하다는 말이 요즘은 더 절실하게 다가온다. 온갖 먹거리가 풍성해지고 의학이 발달해 평균수명이 길어졌다. 예전에 생각했던 어떤 나이에 대한 일반적인 생각을 조정해야 할 때가 왔다. 누가 30대 후반을 노처녀라 말하며, 누가 환갑이라고 손님 불러 잔치를 하는가. 나이 70, 80에도 자신의 일을 활기차게 하는 사람도 많고, 90세가 넘어서도 평생 깨우치지 못한 글을 배워 시화전을 여는 분들도 있다.

그래서 요즘 일본에서는 나이를 인식하고 활동할 때, 자기 나이에 0.7을 곱하라고 권고한다고 한다. 그러니까 60세는 42세, 70세는 49세, 80세는 56세라고 생각하고 살아야 한다는 것이다. 그러고 보니 나의 42세 때는 어땠는지 돌아보게 된다. 몸과 마음이 건강하여 인생의 하이라이트라고 생각했고, 아름다웠다. 오랜 공부를 마치고 박사학위를 취득했고, 교수가 되었고, 신혼이었고 사랑스런 아기가 태어났다. 마음만 먹으면 무엇이든 할 수 있을 만큼 건강하고 열정이 가득한 나이였다. 그러니 지금 그렇게 42세라 인식하고 그에 맞게 활동해도 좋다는 이야기 아닌가.

평생 서른두 살처럼 살았던 할머니가 있다.

"은경, 네가 해주던 그 코리안 누들이 그립구나."

오랜만에 건 국제 전화에서 루이스 할머니는 또 코리안 누들 이야기를 꺼냈다. 그 소리에 가슴이 찡하게 저려왔다.

1992년 영국 문화원 장학생으로 유학을 떠난 나는 도착한 맨 처음 며칠간은 문화원이 지정해준 베드 앤 브랙퍼스트Bed and Breakfast(저렴한 가격으로 재워주고 아침을 제공해주는 가정식 하숙집) 숙소에 임시로 머물게 되었다. 외국 유학생들을 대상으로 영국 할머니가 운영하는 그 집에 우선 짐을 풀고, 이후 일주일 동안 밤낮으로 숙소를 구하러 돌아다녔다. 발에 물집이 잡히도록 돌아다녔지만 마땅한 숙소를 찾지 못했다. 완전히 절망하여 파김치가 되어 돌아온 내게 할머니가 조심스레 한 가지 제안을 했다.

"우리 집에 별채가 하나 있는데, 그곳에서 지내면 어떨까?"

그렇게 시작된 할머니와 나의 인연은 영국에 머물던 기간 내내 계속 되었다.

올윈 루이스 여사, 영국 유학 기간 동안 줄곧 그녀의 집에서 살았다. 문화적 차이로 서로 어색하고 불편한 적이 많았지만, 서로 많이 노력하면서 지냈다. 할머니가 요리한 음식을 내가 많이 얻어먹은 편이지만, 가끔 내가 만든 요리를 대접한 적도 있다. 할머니는 내가 만든 음식 중에서도 특히 '코리안 베지터블 누들'을 좋아했다.

그녀가 이름 붙여준 이 요리는 바삭하게 구운 국수 위에 야채볶음을 얹어 내는 요리다. 양파, 버섯, 호박, 가지, 양배추, 당근 등 온갖 야채를 볶다가, 물을 자작하게 붓고 익혀 갖은 양념을 한다. 순 한국식으로 마늘, 생강, 고추장, 고춧가루, 참기름, 깨소금까지 넣어 야채볶음을 만든다. 그리고 이것을 과자처럼 바삭하게 볶은 에그 누들 위에 얹어 내는 것이다.

어느 날 함께 만들어 먹어본 후로 일요일 특별식, 혹은 그녀의 여동생 가족이 왔을 때 손님 접대용으로 만들어드리던 요리였다. 매일 자기가 먹을 음식은 손수 요리하던 부지런한 할머니가 어느 날 몸이 아파 누웠다. 그녀를 위한 나의 코리안 누들은 그 빛을 발했다. 아무것도 먹을 생각이 없노라고 이층 방에 혼자 누워 있던 할머니는 구수한 냄새에 이끌려 아래층 식당으로 내려왔다. 콧잔등에 땀방울이 맺히도록 매콤하고 얼큰한 이 음식을 먹은 할머니는 이제 몸이 다 나은 것 같다고 흐뭇해했다.

금발의 가발을 쓰고 하이힐을 신고 자신이 먹을 저녁거리를 사러 매일 오후 동네 시장에 나가던 그녀. 누가 나이를 물으면 언제나 '서른둘'이라고 외치고, 버스 무료 승차권도 남들이 볼까 창피하다며, 아는 사람을 만나면 그냥 버스비를 내고 내리는 그녀였다. 그런 루이스 할머니가 오직 내게만 가발을 벗은 그녀의 백발을 보여주었고, 남들에겐 좀처럼 알리지 않는 자기 집안의 숨은 이야기도 들려주었다. 여름이면 가발 밑으로 자란 백발을 커트해주고 얼큰한 한국음식을 만들어주던 이국 처녀에게 그녀는 손녀딸 대하듯 살가운 정을 베풀어주었다.

한국으로 돌아와 내가 결혼을 하고 딸을 낳았다는 소식을 전하자, 할머니는 해마다 아이의 생일 때가 돌아오면 막스 앤 스펜서 드레스를 손수 골라 부쳐주곤 했다. 그렇게 씩씩하던 할머니가 이제 구십을 훌쩍 넘어 예전 같지 않은 목소리로 전화를 받았다. 나라에서 지원해주는 간호사가 날마다 와서 돌봐주고, 인생 후반에 만난 남자친구가 저녁 준비를 도와준다고 한다. 그리고 내 딸의 안부를 묻고, 나의 코리안 누들이 그립다고 또 이야기했다.

그날 나는 이렇게 말하며 그녀에게 용기를 북돋워주었다.

"당신은 영원히 '서른두 살'이에요. 사랑해요, 올윈~"

우리도 자신에게 용기를 북돋워주자.

"당신은 영원히 서른두 살이에요."

아니 더 젊게 인심 써준들 어떻겠는가. 마음은 영원히 늙지 않으니까 말이다. "당신은 영원히 스물두 살이에요"라고 말하며. 그리고 스물두 살, 서른두 살 그때처럼 아름답게 활기차게 정열적으로 산다면 그것이 바로 영원한 청춘이다.

흰 머리카락이
오히려 아름다운 사람

나이가 들어가면서 사람들은 하나둘씩 흰 머리카락이 생긴다. 늘어가는 흰 머리카락을 부끄러워하며 대부분 염색을 한다. 마치 나이 들어가는 것을 부정하기라도 하듯 꼼꼼히 까만 색으로 물을 들인다. 그런데 나는 흰머리가 좋다. 우리 친정어머니의 흩날리는 백발을 보며 흰 머리카락을 좋아하게 되었다. 길을 가다가 흰 머리카락을 날리며 지나가는 우아한 여인을 만나면 나는 지금은 세상과 이별하신 우리 어머니가 생각나 그리움에 한참 쳐다보고 서 있는다.

흰 머리카락을 염색하는 분들에게 이야기해주고 싶다. 이제 흰 머리카락에 대한 걱정이나 선입견도 바꾸시면 어떨지. 염색을 하지 않은 흰 머리카락이 더 지적으로 보이고, 연륜이 쌓인 어른이라는 자랑스런 표시로 보이기 때문이다. 이제 나이 들어감을 받아들이고 그것을 당당하게 여기시면 어떨까 싶다. 나이 들어 더 아름다워지셨던 우리 어머니처럼 말이다.

오래전 얘기다. 장남인 남동생이 난생처음 해외출장을 다녀오는 길에 어머니께 선물을 사 왔다. 아주 조그만 상자에 포장된 선물은 바로 고급 향수였다. 용돈의 큰 몫을 할애해 마련한 것 같았다. 문제는 그 귀한 선물을 꺼내 놓았을 때 어머니의 표정이었다. 왠지 마뜩치 않은 얼굴빛을 보이신 것이다. 그 얼굴을 보고 동생은 크게 실망했다.

종갓집 맏며느리로 평생을 보내신 어머니는 엄한 우리 아버지를 만난 후 손톱에 매니큐어를 칠해본 적도, 향수를 뿌려본 적도 없는 분이었다. 그런 삶을 살다 보니, 난생처음 해외출장을 다녀온 아들에게 기대했던 선물도 좀 더 실질적인 몸에 좋은 영양제 같은 것이었나 보다. 그런데 조그만 병에 들어 있는 향수라니……. '아니, 내가 언제 향수 뿌리는 거 봤냐?' 하는 표정이 얼굴에 역력했다.

그러나 아들의 생각은 달랐다. 평생 처음 외국에 다녀와 어머니께 드릴 선물은 적어도 어머니가 평생 사용하지 못하셨던 특별한 것, 다시 말해 어느 정도 호사스럽고 사치스런 것이어도 좋겠다는 생각이었다. 받을 땐 탐탁지 않은 표정이셨지만 어머니는 이왕 받은 선물이니 마지못해 아까워 조금씩 몸에 뿌리고 외출을 하셨다. 그런데 신기하게도 친구들이 코를 들이대며 어디서 이런 좋은 냄새가 나느냐고 칭찬하는 소리를 들으신 것이다. 이후 어머니는 아들의 첫 선물을 은근히 자랑스러워하시는 눈치였다.

그즈음 어머니는 소노 아야코의 《아름답게 늙는 지혜》라는 책을 읽고 계셨다. 눈가에, 입주위에, 목덜미에 생기는 주름과 흰 머리를 막을 재간은 없지만 '아름답게'라는 수식어를 붙여가며 늙어가는 방법을 생각해보는 인간의 노력이 아름답게 느껴졌다.

그 책에서 제시하는 여러 가지 방법 중 기억나는 것이 매일 목욕을 하는 것이다. 자기 몸을 깨끗이 관리하고 손질해 향기를 지니라는 얘기였다. 우리 어머니 나이쯤의 여성에겐 이미 인간적인 향기는 흐르고도 넘칠 테니 몸에서 나는 냄새에 신경 쓰라는 말은 설득력이 있었다.

어머니는 자식들을 위한 희생과 간절한 기도, 염려 때문에 눈가의 주름은 훈장처럼 늘어만 갔고 흰 머리칼도 주체할 수 없이 늘어만 갔다. 그것은 크고 넓은 고생바다에서의 고뇌와 폭풍우를 다 이겨내고 비로소 고요해진 바닷가에 비치는 따스한 태양의 빛줄기와 같은 것이었다.

어느 어머니의 일생이 평탄하기만 하랴만, 넷이나 되는 자식을 길러주시기까지 우리 어머니가 겪어야 했을 고통이나 좌절은 당신의 표현처럼 '쓰면 책 한 권이 되고도 남을 만한' 분량이었을 것이다. 풍랑과 싸워 이겨 자랑스럽게 땀을 씻는 뱃사람처럼 어머니의 얼굴에 비치는 태양의 빛은 아름답고 평온하기만 했다.

사람은 시간이 지나면 늙는다. 병든다. 그리고 세상을 떠난다. 그러나 같은 이야기지만 나는 이렇게 표현하고 싶다. 사람은 시간이 지나며 성장한다. 발전한다. 익어간다. 그리고 아름다운 이별을 하는 것이다.

파도에 휩쓸리듯 바쁘게 지내온 젊은 날의 시간과 다르게, 노년의 아름다운 삶은 자신이 만들어갈 수 있는 여유로운 예술 같은 시간이다. 겉으로 보이는 것, 이루고 성공한 것이 중요했던 젊은 시절이 지나면 이제 내면을 아름답게 가꾸고 채워나갈 수 있는 지혜가 생겨 좋은 것이다. 몸이 유리처럼 연약해지니 욕심이 줄고 모든 면에 조심하게 된다. 나이 들어 좋은 건 욕심을 내지 않아도 되니 실수하지 않게 된 것이다. 이제 목적지에 안전하게 도달한 뱃사람의 평온함처럼 마음속 깊은 곳에서도, 흰 머리칼에서도 향기를 내는 사람, 흰 머리카락이 오히려 아름다운 사람이 되어보자.

나는 세상에서 가장 행복한 할머니가 되고 싶다

한때 젊은 할머니들 사이에선 손주 봐주는 할머니가 되지 말자며 서로 약속하던 시절이 있었다. 애 봐주면 빨리 늙는다고 친구들끼리 조언하기도 한다. 동창 모임이라도 할라치면 꼭 손주 봐주어야 해서 모임에 나올 수 없다는 친구가 있다. 그러다 보니 자식이 찾아올 때를 대비해 큰 집 유지한다는 사람과 함께, 손주 봐주느라 친구와의 모임 시간을 낼 수 없는 사람이 나이 들어가며 가장 어리석은 사람들 부류에 끼기도 한다.

그러나 이런 조부모가 과연 몇이나 될까? 대부분의 할머니 할아버지들은 눈에 넣어도 아프지 않을 손자손녀의 재롱을 맘껏 보면서, 자녀들의 힘을 덜어주는 손주 돌보기가 오히려 기쁨인 경우가 더 많다고 속내를 보인다.

사랑은 대를 걸러서 내려간다는 말이 있다. 자기 자식 키울 땐 먹고 살랴, 사회적 경력 쌓으랴, 가정 일구랴 정신없이 키웠지만, 그 자녀가 자라 또 가정을 이루고 아이를 낳으면 그때 비로소 생명의 아름다움과 경이로움을 진하게 느끼게 된다고 한다. 그래서 격대육아를 하는 할아버지 할머니들이 손주들을 그리도 예뻐하게 되는 모양이다.

내 피붙이 손주를 돌보아주는 것을 어느 할머니나 할아버지가 마다할까 싶으면서도 때론 그렇게 간단한 일만은 아닌 경우도 있다. 우선 경제적으로 아직 돈벌이를 해야 하는 경우, 자기 손주를 보는 것보다 남의 아이를 돌봐주면 더 많은 수입을 벌어들일 수가 있다. 경제적인 이유지만 남의 아이 봐주느라 내 손주를 돌보지 못하는 할머니 마음은 아리기만 하다.

손주를 돌봐줄 수 있는 상황이 되어 실컷 고생하고도 마음에 상처를 받는 일도 간혹 있다. 내 시간도 맘껏 쓰지 못하고 아이 봐주다가 어쩌다 어디 다치기라도 하면 아들 며느리에게 혹은 딸과 사위에게 얼굴을 들 수 없게 되기 때문이다. 그런데 최근 손주 봐주는 할머니들에게 귀가 솔깃한 뉴스가 있다.

손자손녀를 돌보는 친할머니나 외할머니에게 '손주 돌보미 수당'을 지급하는 지자체들이 있다는 것이다. 두 자녀 이상 맞벌이

가구의 경우 12개월 이하의 아이가 있으면 어느 쪽 할머니든 한 달에 40시간 손주를 봐주면 정부지원금 24만 원을 지급받는다. 여기에 어린이집에 아이를 맡기지 않는 가정이라면 10만 원에서 20만 원까지 양육수당도 받을 수가 있다. 이 수당을 받기 위해서는 우선 25시간 손주 돌보미 교육을 받아야 하는데 전문가로부터 최신 육아법을 배우기 때문에 무척 흥미롭다고 한다. 이 혜택을 받게 되면 아기를 맡기는 자녀들도 덜 죄송스러울 것이고, 맡아주는 할머니도 값없는 봉사에 용돈을 받는다는 뿌듯함이 생길 듯도 하다.

이런 보도를 들으니 값도 없이, 바라는 것도 없이 손주들을 키워주셨던 우리 외할머니 생각이 난다. 어머니가 직장생활을 했기 때문에 외할머니의 정성스런 돌봄을 받으며 우리 사남매는 자랐다. 외할머니와 함께 지냈던 우리 사남매에겐 잊을 수 없는 추억들이 많다. 우린 모두 할머니가 싸주신 도시락을 먹으며 학교를 다녔다. 네 아이가 대학에 붙고 떨어질 때마다 할머니는 함께 기뻐하시고 깊은 정으로 위로해주셨다. 아나운서가 된 손녀딸이 자랑스러웠던 할머니는 손녀가 연수를 끝내고 우수상으로 받아온 라디오를 보물처럼 아끼며 들으셨다. 아나운서로서의 첫 번째 방송인 콜사인(방송국의 시간고지)을 듣고 얼마나 기뻐하셨던지. "그…… 〈황인용 강부자입니다〉 직전에 '잠시 후 4시를 알려드립니다', 그거 네가 한 거지?" 하시며 신기해하시던 기억이 난다.

90세가 넘어 할머니는 다리를 다치셔서 거의 움직이지 못하게 되셨고, 바깥나들이가 그리웠던 할머니를 모시고 꽃길을 드라이브 시켜드렸던 기억도 난다. 할머니는 아기같이 기뻐하시며 벚꽃 핀 여의도 길을 한참 내다보셨다. 아직도 생각만 하면 가슴이 먹먹해지는 할머니의 기억은 내 삶의 정서의 샘이다.

사랑은 대를 이어 내가 딸아이를 낳았을 때부터는 친정어머니가 온 정성을 다해 아기를 키워주셨다. 나는 내 딸이 무엇을 먹고 지내는지 무엇을 입고 지내는지도 모르고, 바깥일로 바쁘게 지냈다. 어머니의 희생과 헌신이 없었다면, 나는 정치하는 남편 뒷바라지도 할 수 없었을 것이고 나의 사회활동도 이어가지 못했을 것이다.

실제 조부모와 함께 자란 아이들은 노인들을 대하는 태도가 다르다. 사랑을 받아본 사람이 사랑을 베풀 줄도 아는 것처럼 조건 없는 무한한 사랑을 받아본 아이들이 자라서 조건 없는 사랑을 베풀 줄도 알게 된다. 미국 노스캐롤라이나 대학 글렌시 엘더 교수팀의 연구결과가 이를 뒷받침한다. 조부모와 함께 자란 아이들은 상대적으로 성적이 우수하고 성인이 된 후에도 성취감이 높다고 한다. 브리검 영 대학의 연구결과도 같은 맥락이다. 조부모를 친밀하게 느끼는 아이들이 친 사회활동 성향도 높아서 보상을 바라지 않고 사회를 이롭게 하는 행동을 많이 한다고 한다.

사실 조부모 입장에서 보면, 손주를 보는 것이 어렵고 고단한 노동만은 아니다. 어여쁜 아기를 늘 보면서 보람을 느끼고 외로움도 해소하니 얼마나 좋으냐고 고백하는 할아버지 할머니가 많다. 아기가 안아달라고 보챌 때 세상을 다 가진 것 같다고 말하는 할아버지도 있다. 딸의 아이를 돌봐주고 있는 한 할머니는 딸의 경력관리를 위해 기꺼이 손주 돌보미를 자청하고 있다. 딸도 똑같이 공부시켰고, 노력해서 경력을 쌓고 사회에서 인정받고 있는데, 육아 때문에 경력관리에 영향을 미쳐서는 안 된다는 생각에 할머니 자신이 헌신하고 있다는 것이다. 이처럼 자식들이 직장에 잘 다닐 수 있게 하고 싶어서 기쁜 마음으로 황혼육아를 하는 조부모가 늘어나고 있다.

손주 돌보미 수당도 좋긴 하지만, 아기들의 재롱과 커가는 경이로운 모습 덕분에 이미 수당도 용돈도 효도도 다 한 것이 아닌가 싶다.

동창들 중에는 벌써 자녀를 시집장가 보내고 그 손주를 돌보느라 고단해하는 친구들이 있다. 나는 그들에게 "네 몸 생각해라, 그러다 늙는다"라고 말해왔다. 그러나 대학졸업반인 내 딸이 사회에 나가 활동하고 결혼을 하게 되면 나도 분명 딸이 나은 아기를 기쁜 마음으로 돌보아줄 할머니가 될 것 같다. 경이로운 생명을 품에 안고 그 보드라운 머리칼을 가진 아기를 내 팔에 눕히고 쏟아지는 햇빛 아래 누우면 나는 세상에서 가장 행복한 할머니가 될 것 같다.

쉬면 녹슨다

누구에게나 인생 모토가 있을 것이다. 세계적인 테너 플라시도 도밍고는 70대 후반인 지금도 멋진 모습으로 '쉬면 녹슨다'는 인생 모토를 내세우면서 영원한 현역으로 활동하고 있다.

루치아노 파바로티, 플라시도 도밍고, 호세 카레라스. 우리는 세계적으로 유명한 이 세 명의 테너, 쓰리 테너스가 20세기 말부터 21세기 초까지 전 세계를 주름잡았던 시간을 기억하고 있다. 월드컵이 열리는 결승전 도시마다 찾아가 펼쳤던 그들의 노래가 많은 사람들의 뇌리에 선명하게 기억되어 있다.

나는 개인적으로 파바로티의 맑고 거침없는 소리를 가장 좋아한다. 그러나 안타깝게도 그는 2007년 세상을 떠나고 말았다.

호세 카레라스는 41세에 백혈병을 앓고 난 이후 기적적으로 치유가 되었다. 비록 목소리는 약해졌으나, 전 세계 백혈병 환우들을 위로하고 치료해주는 일에 더 많은 힘을 쓰고 있다. 하나님이 다시 주신 삶에 대한 새 사명을 다하며 살고 있는 그의 모습이 아름답다.

세상을 사는 태도에 관한 한, 나는 플라시도 도밍고를 무척 존경한다. 다시 말하면 '건강하게 오래 살며, 자신의 일을 열정적으로 끊임없이 해나간다'는 점에서 그렇다. 뿐만 아니라 성악가로, 지휘자로, 예술 행정가로 자신의 영역을 넓히고 이어가는 그의 현명함이 정말 마음에 든다.

1941년생인 그가 1991년 서울 국제음악제 일환으로 우리나라를 처음 찾았을 때 도밍고를 만난 기억이 난다. 전성기의 세계적인 성악가가 한국을 방문한 만큼, 당시 S석 입장료가 15만 원으로 유례없이 높은 가격이었다. 일찌감치 표를 사두고 연주를 기다렸다.

그런데 그를 가까이서 볼 수 있는 절호의 기회가 찾아왔다. 연주를 하루 앞두고 리허설을 하기 위해 KBS 본관 5층 스튜디오에 그가 찾아온 것이다.

'도밍고가 나타났다'는 소식에 나는 방송녹음을 하다 말고 뛰어나갔다. 삼엄한 경호를 뚫고 오케스트라 연습실로 들어갔다.

노래연습은 이미 끝났고 그는 그와 항상 함께 다니는 지휘자 유진 콘에게서 지휘봉을 넘겨받아 베르디의 〈운명의 힘〉 서곡을 지휘하기 시작했다. 앞으로 10년쯤 지나면 가수로서의 활동이 힘들어질 테니 그때는 '오페라 감독'이 되고 싶다고 한 그였다. 지휘에도 영역을 넓히고 있는 그의 모습을 보는 순간이었다. 당시 영화를 전공하는 아들 알바로와 함께 한국을 방문했다. 아버지가 지휘하는 모습을 보고 있는 그의 옆으로 다가가 여러 가지 이야기를 나누었다. 어머니는 결혼 후 전적으로 남편의 내조에 힘쓰다 최근에 어머니도 오페라 연출을 시작했다는 소식도 전해주었다. 연습이 끝나고 시간에 쫓기는 도밍고와 간신히 몇 가지 인터뷰를 하고 사진을 찍었다.

그의 이름 플라시도는 '평화로움', 도밍고는 '일요일'이라는 뜻을 가지고 있다. 공식 홈페이지 '플라시도 도밍고 닷컴'에 들어가 보면, 그의 일생과 지나간 공연기록과 앞으로의 계획으로 가득하다. 그는 자기 자신을 가리켜 세상에서 가장 행복한 사람이라 말한다. 예술을 통해 전 세계 수백만 명에게 기쁨을 선사하고 있으니 그렇지 않겠느냐는 얘기다. 현재는 《오페라의 기쁨Joy of Opera》이라는 책을 집필하며 50년이 넘는 자신의 경력을 돌아보며 예술의 위대함을 이야기하려 한다고 했다.

그는 인터뷰 때마다 말한다.

"목소리가 나는 한 나는 은퇴할 수 없습니다."

BBC 뉴스와 한 인터뷰 때도 이 말을 반복하며 "마지막 연주회는 어떻게 준비하고 있느냐?"는 질문에 이렇게 대답했다.

"대부분의 연주가들은 고별공연을 위해 순회연주를 계획합니다만, 나는 그럴 생각은 없어요. 어느 날, 그것이 어떤 연주회가 될는지 모르겠지만, 청중 앞에서 그냥 이렇게 말할 겁니다. '이것이 나의 마지막 공연이었습니다'라고요."

그렇다. 누구에게나 인생 모토가 있다. 그것이 그의 삶을 이끌어간다.

삼성전자 첫 고졸 여성 임원인 양향자 공무원인재개발원장은 뜻이 있으면 일이 이루어진다는 '유지사성有志事成'을 좌우명으로 삼고, '이러다 죽겠다' 싶을 만큼 열심히 공부하고 일하여 최초의 대기업 여성 임원으로, 성공한 지도자급 여성으로 살아왔다고 한다.

'기품 있게, 의연하게'라는 나의 인생 모토는 삶에 지칠 때마다, 인생이 하향곡선을 그려 곤고해질 때마다 나를 이끌어 올려주는 힘이다. 이 인생 모토대로 늙어서도 품격을 잃지 않는 사람이 되고 싶다. 나의 남편은 고요한 마음으로 사물을 관찰하면 스스로 참된 이치를 터득하게 된다는 '정관자득靜觀自得'이란 문구를 좋아한다. 세계를 누비는 특파원으로, 최고의 뉴스 앵커로, 정치인으로, 역동적인 삶을 살았지만, 그의 마음은 늘 고요한 가운데 중심을 잃지 않는 사람이다.

"If I rest, I rust(쉬면 녹슨다)."

플라시도 도밍고의 인생 모토다. 그 모토대로 70대 후반인 그는 오늘날까지 활발한 현역이다.

우리도 그렇게 살아보자.

언제나 마지막 공연인 것처럼 지금이 마지막인 것처럼

그렇게 살자.

100세시대를 살아가는 장수 비결

한동안 연락이 뜸하던 친척 아저씨에게서 전화가 왔다. 미국에 살고 계신 그의 어머니가 연세가 많으시기 때문에 갑자기 내 가슴이 철렁했다. 혹시 안 좋은 소식인가? 역시 주어가 할머니로 시작되었다. 젊어서 간호사로 일하셨던 그분을 우리 형제들은 '병원 할머니'라고 불렀다. "병원 할머니가……."

짧은 순간 숨을 몰아쉬며 대답했다.

"네, 그런데요……."

"할머니가 올해 99세가 되셨어. 그래서 백수잔치 하러 5월에 한국에 오신단다. 형제들 모두 초대하니 와서 축하해다오."

걱정이 안도의 한숨으로 바뀌며 또다시 가슴이 뛰었다. 이렇게 놀라울 수가. 병원 할머니가 건강하셔서 곧 백세를 바라보신다고! 기쁜 마음과 더불어 도대체 할머니의 백수엔 어떤 비밀이 숨어 있을까 궁금해졌다.

누가 오래 사는가?

스탠퍼드 대학 심리학과 교수인 루이스 터먼 박사는 1921년부터 2000년까지 80년 동안 1,500명의 생애를 추적해 조사하는 수명연구를 시작했다. 그가 세상을 떠난 후까지 진행된 이 연구는 〈수명연구 프로젝트The Longevity Project〉라는 보고서로 발표되었다. 요점은 손에서 일을 놓지 않은 사람이 오래 살았다는 것이다. 자신의 일을 끊임없이 해나가는 사람이 기억력이 좋고 기억력이 좋은 사람은 오래 살았다. 상대적으로 극단적인 비관론자들은 일찍 생을 마감했다.

SBS TV가 보도한 〈당신의 노후는 안녕하십니까?〉라는 연속 기획물에 따르면, 100세시대를 위한 필수적인 준비로 노인전문 병원, 동네병원의 호스피스 시스템, 노인들의 인간관계, 건강관리 중 근육운동 등이 필수라고 말한다.

국내 노인 중 68%가 수술하면 합병증 위험이 큰 만성질환을 2개 이상 가지고 있다. 스페인의 예를 들면, 수술이 필요하다는 일반적인 진단이 나와도 노인의 경우는 수술이 아닌 다른 방법으로 치료를 한다. 그러므로 노인전문병원, 곧 병원을 노인에게 맞추는 노력이 건강한 100세시대의 첫걸음이라고 말했다.

나이 들면서 기력이 빠지니 힘이 없어지고 그 결과 낙상하지 않도록 하는 방법으로 근력을 키우는 것 또한 중요하다고 한다. 근육의 힘이 노인 삶의 질을 결정하는 데 반 이상을 차지한다고 유럽의 보고를 들어 강조한다.

또한 연명치료보다는 편안하게 죽음을 맞이하는 호스피스 치료가 환자들의 소망이라고 한다. 고통스런 약물치료로 마지막 가는 길마저 고통스러운 것보다는 산책이나, 목욕 등 일상생활을 하며 하루라도 집에 머물고 싶어 한다고 하니, 동네병원에서 호스피스 시스템을 갖추는 것이 시급하다.

끝으로 인간관계를 중요시하라고 리포트는 강조한다. 서로 어울리며 행복하게 100세시대를 여는 것, 그것이 장수의 관건이다.

'병원 할머니'의 장수 비결이 어렴풋이 깨달아졌다. 자녀들을 의사로, 간호사로 모두 다 잘 키워 자립시키고, 자신은 햇볕과 공기가 좋은 캘리포니아의 작은 시니어 아파트에서 지내며 깊은 신앙과 좋은 인간관계로 삶을 이어나가고 계시니 그것이 장수 비결이 아니겠는가 싶다.

우리보다 20년 먼저 고령사회가 된 일본은 노인 복지에 그만큼 더 일찍 눈을 뜬 나라다. 일본의 한 지역에서는 노인들이 무료로 이용할 수 있는 목욕탕을 만들고 매일 목욕을 하도록 했다. 그랬더니 노인들이 병원을 찾는 비율이 현저히 줄었다고 한다. 자치단체에서도 적은 비용으로 목욕시설을 운영함으로써 의료비 지출도 줄이고 시민들의 만족도 또한 병원치료를 받을 때보다 훨씬 높아졌다고 한다.

스포츠도 많은 노인이 즐기고 찾을 수 있도록 새로 개발해나가고 있다. 일반 탁구공보다 큰 '라지볼 탁구'를 만들어냈고, 일반 골프장의 한편에 따로 노인들을 위한 '그라운드 골프' 경기장을 만들고 지역 노인들에게 저렴한 비용으로 개방하고 있다.

우리나라에서도 실버 세대를 위한 프로그램을 많이 만들어내고 있다. 오래전부터 단체전인 게이트볼이 활성화되었으나, 1993년부터는 골프와 게이트볼의 장점을 딴 개인전인 '그라운드 골프'가 시니어들에게 각광을 받고 있다.

뿐만 아니라 구청 문화센터 등에서 합창단을 운영하며 주기적으로 연습하고 발표회도 갖고, 동 주민센터마다 스포츠 시설과 노래방을 운영하며 건강하고 즐겁고 활기찬 100세시대를 도와주고 있다. 이렇게 실력을 쌓은 실버 합창단들은 2012년 시작된 전국실버합창단경연대회에서 서로 기량을 겨루고, 20년이 넘는 역사적인 전국합창경연대회의 실버 부문에서 또 경쟁하기도 한다. 평균 70세 어르신들만을 대상으로 하는 골든에이지 전국합창경연대회도 회를 거듭할수록 관심을 끌고 있다. 경연대회 이름에서 보이듯이 어르신이란 단어보다도 골든에이지라는 표현을 쓰다 보니 각 합창단의 이름도 각양각색이다. 시니어합창단, 실버합창단, 내나이가어때서 청춘합창단, OB합창단, 해피콰이어, 금빛합창단, 은빛합창단. 이름만 들어도 흐르는 물결에 반짝반짝 비치는 햇살 같은 느낌이다.

요즘은 건강하게 100세를 사는 비결에 관한 정보가 다 따라 할 수 없을 만큼 차고 넘친다.

우리 가정은 오래전부터 알고 있었던 비결 몇 가지와 최근 알게 된 몇 가지 정보를 주로 관심을 가지고 실천하고 있다.

남편의 경우, 8체질의 대가인 권도완 박사님이 20년 전에 알려주신 '하라 마키(복대, 배띠)'라고 부르는 것의 도움을 많이 받고 있다. 아무리 더운 여름날에도 이불을 걷어차 배를 차게 하면 안 되기 때문에 사시사철 사용한다. 이름 그대로 띠처럼 생긴 것을 배에 두르고 잠을 자는 것이다. 장을 보호하는 데 이만큼 큰 덕을 본 것은 없다.

서울대 재활의학과 정선근 교수가 허리 건강을 위해 강조하는 자연복대훈련은 내가 요즘 들어 신경 쓰고 있는 방법이다. 허리 주변의 근육을 헛기침했을 때 정도의 힘으로 수축시키는 운동이다. 직접 실천해보니, 배꼽을 등에 붙이듯이 힘을 주어보니까 자연히 허리가 꼿꼿해지는 것을 느낄 수 있었다. 그리고 허리부터 명치까지의 근육을 위아래로 길게 늘인다 생각하면 저절로 곧은 자세가 되고 허리 건강도 전체적인 자세도 훌륭해진다. 농사짓는 어른들이 일하다가 굽은 허리를 펴고 뒤로 젖히며 옆구리 뒤쪽을 두드리는 모습이 이해가 간다.

발목펌프 또한 20년 전쯤에 배운 비법인데, 오동나무 반쪽을 엎어놓은 것 같은 목침을 발목 뒤쪽에 놓고 누워 번갈아 발목을 통통 치는 것이다. 전신의 혈액순환을 도와 장수 비결이라고 예전 일본의 고위층 사이에 알음알음 전해진 것이라 하나, 요즘은 우리나라에도 아주 보편적으로 알려져 있다.

태초 먹거리 학교를 운영하는 충남대 이계호 교수가 강조하는 오래 씹기는 특별히 마음에 두고 있는 건강습관이다. 몸에 좋은 것이라고 해서 우리가 애써 찾아먹는 것 중에 현미밥이 있다. 그런데 이 현미밥을 먹을 때 입에서 아주 많이 씹어 넘기지 않으면 췌장이 고생을 하게 된다는 말씀이다. 현미는 반드시 침에서 나오는 효소로 충분히 소화를 시켜 넘겨야 한다고 한다. 그러니까 거의 죽이 되도록 오래 씹어 넘기지 않으면, 몸에 좋은 음식이라고 먹은 것이 오히려 몸속 장기를 힘들게 하는 독이 될 수도 있다. 나이가 꽤 들은 후에 알게 된 정보라 잘 지키지 못했던 지난날이 많이 후회가 되기도 한다.

오래 사는 것만이 능사가 아니다. 무작정 노화를 막으려는 '안티에이징'도 그리 소망스럽지 않다. 우아하게 늙어가는 'Gracefully aging'이 100세시대를 살아가는 우리가 추구해야 할 방향이라고 나름대로 결론을 내려본다.

아름다움의 가치

세상의 가치는 어디에 있는가? 사람들은 각기 어디에 그 가치를 두고 사는가?

주변 사람들을 살펴보니 각각 자신의 분야에서 최고로 치는 가치가 서로 다르다. 사업가는 모든 판단이 돈에 있다. 사람을 칭찬할 때도 '이분은 그 행사에 얼마의 돈을 쾌척했고, 저 행사에 얼마나 많은 돈을 썼는데……'라며 추켜세운다.

정치가는 사람이 많은 곳, 곧 표가 많은 곳에 가는 것이 그의 가치이며, 많은 사람이 지지하는 쪽의 입장에 서고 그렇게 결정하는 것이 그의 가치 기준이 된다. 하나님의 일을 최고로 치는 가정에선 그 집안에 목회자가 얼마나 많이 나왔는지가 평가와 자랑의 기준이 되기도 하고, 교회 안에선 '성경 일독'을 몇 번이나 했는지가 칭찬받는 기준이 되기도 한다.

대학에선 박사학위가 사람 노릇하는 기본이 되고, 전임이냐 비전임이냐가 사람의 무게나 계급을 따지는 기준이 되기도 한다. 연예계에 종사하는 사람들에게는 날씬하고 젊고 아름다운 외모가 최고의 가치라고 생각하는 사람도 있을 것이다. 그들이 날마다 출연하는 방송을 비롯한 온갖 미디어가 막강한 힘을 과시하는 시대이다 보니, 평범한 많은 사람들도 점점 그렇게 생각하게 되는 듯하다.

그런가 하면 어떤 것이 가치 있는 것인지 구별하기 쉽지 않은 경우도 있다. 얼굴이 너무나 예쁘면 인형 같은 사람이라 하고, 인형이 너무나 정교하게 잘 만들어져 있으면 어쩜 그렇게 사람하고 똑같으냐고 칭찬한다. 언론에 다뤄지는 연예인들의 이야기를 보면 이 또한 이중적이다. 나이가 꽤 들었을 여인에겐 '동안미인', '날로 어려지는 방부제 미모'라는 찬사를 붙여 그의 늙지 않는 모습을 찬양한다. '동안미인'은 그것을 지키기 위해 무진 애를 쓰는 모양이다. 내가 어렸을 때 어른으로 나오던 배우가 아직도 한참 젊은 모습으로 스크린에 등장하니 말이다.

그런가 하면 어린 아이돌 가수들이나 배우에겐 '성숙한, 나이를 가늠할 수 없는 어른스러움, 매혹적인 모습'이라는 표현으로 그들을 추켜세운다. 어린 그들이 취하는 포즈가 민망할 정도지만 말이다.

〈아시아 갓 탤런트〉라는 오디션 프로그램에 출연한 50대 중반의 한국 여성이 있었다. 한 심사위원이 "어디서 오셨어요?"라고 영어로 질문했다. "코리아"라고 간단하게 대답한 그녀는 그다음부터 차분한 한국어로 설명을 이어갔다. 한복희 씨. 음악이란 당신에게 무엇이냐고 묻는 질문에 "좋은 친구"라고 대답했다. 몇 년 동안 천식으로 몸이 많이 아팠는데, 그동안 음악은 치유의 힘을 가진 다정한 친구였다는 것이다. 수줍은 50대 아주머니의 모습이었다. 화려한 외국 무대에 선 사람이라기보다는 '전국노래자랑'쯤에 나온 수더분한 이웃 같은 모습의 여인이었다. 그녀에게 질문하고 소개를 한 심사위원은 이름 대신 그녀를 '아름다운 여인'이라고 불렀다.

우레와 같은 박수 끝에 아름다운 여인이 〈Non, Je ne regrette rein(아니요, 나는 아무것도 후회하지 않아요)〉라는 노래를 부르기 시작했다. 순간 샹송 가수 에디트 피아프가 환생한 듯한 착각이 들었다. 깊고 넓은 성량도, 떨리는 음성도 바로 그대로였다.

짧은 순간, 아름다움이란 무엇인가 생각해보았다.

아름다움이란 눈으로 보는 젊음만은 아닐 것이다. 몸에 병이 생겨도 굴하지 않고 나아가는 용기, 나이가 들어도 주름살쯤은 아랑곳하지 않는 당당함, 잠깐 살다 떠나갈 이 세상의 가치보다는 영원히 썩지 않을 가치에 집중하는 고귀함이 아름답다고 생각한다. 죽으면 썩을 자기 몸 하나에 올인하기보다는 돌보고 사랑해야 하는 많은 사람들을 위해 헌신하는 아름다움. 그것이 진정한 아름다움의 가치가 아닐까.

이 노래 원곡을 부른 에디트 피아프도 정작 자신의 인생은 사랑과 실연, 교통사고와 약물중독으로 얼룩진 삶이었지만, 〈장밋빛 인생〉과 〈사랑의 찬가〉, 〈아니요, 나는 아무것도 후회하지 않아요〉 등의 주옥같은 노래를 남겨 지금도 많은 사람들의 심금을 울리고 있지 않은가.

노래가 끝나고 4명의 심사위원은 한결같이 놀라움에 입을 다물지 못했다. 그리고 말했다. "노래를 시작하는 순간, 그녀는 한 마리 애벌레에서 한 마리 나비로 화려하게 변신했습니다"라고. 노래가사처럼 후회 없는 아름다운 인생이다.

카터 대통령의 목적이 이끄는 삶

지미 카터 전 미국 대통령이 암으로 투병 중이라고 했다. 그 소식이 전해진 2015년 여름, 그는 91세였다. 미국의 39대 대통령으로 1977년부터 1981년까지 꼭 한 임기 동안 대통령을 지냈다. 스스로 기자회견을 통해 자신의 투병 소식을 알리는 카터 전 대통령은 투병 중이라는 단어가 무색할 정도로 햇빛같이 환하게 웃는 얼굴이었다. 그는 간에 있는 흑색종 암세포가 뇌로 전이돼 회복 불가능하며 자신의 운명은 이제 신의 손에 달려 있다고 말했다.

그는 대통령으로 있던 재임기간보다 그 이후가 더 인기 있고 보람 있는 일을 많이 한 것으로 평가된다. 재임 중에는 외교적인 문제 등을 성공적으로 해결해내지 못한 것 등으로 인해 가장 인기 없는 대통령으로 기록됐지만, 퇴임 후엔 가장 존경받는 미국의 전임 대통령으로 평가되고 있다. 그는 퇴임 후가 더 아름다운 세계적인 지도자였다.

조지아 주의 땅콩 농장에서 나고 자란 대통령이라는 조롱 섞인 이력이 늘 그를 따라다녔다. 그러나 퇴임 후 그는 어느 다른 전임 대통령처럼 엄청난 강의료를 벌며 강연을 다니지 않았고 자신의 업적을 기리는 기념관을 짓지도 않았다. 그 대신 힘들고 어려운 사람들을 위해 봉사하는 삶을 살았다. 집 없는 사람들에게 집을 지어주기 위한 해비타트 운동을 벌여 손수 망치를 들고 지붕 위에 올라가 일하는 작업복 차림의 전직 대통령의 모습을 보여줬다. 분쟁이 일어난 지역에도 그가 있었으며, 북한과 중동을 방문해 중재의 손길을 펼치기도 했다. 그리고 빈곤과 질병을 치유하기 위한 노력을 아끼지 않았다.

그러나 그중에서도 그가 조용하게 이름도 없이 빛도 없이 일관되게 해온 일은 지난 30여 년간 교회 주일학교 교사로서 봉사하며 성경을 가르친 일이다. 그는 매주 40명이 모이는 성경교실에서 성경을 가르쳐왔다고 한다.

카터 대통령이 암 투병 중이라는 소식을 듣고, 그를 존경하는 많은 사람이 그 교회로 몰려들었다. 자그마치 700여 명이 그의 모습을 보려고 전국에서 몰려들어 교회를 향한 자동차 행렬이 1km나 되는 줄을 섰다고 한다. 그는 사랑에 대해 설교하고 평안을 이야기하며 사람들과 기념사진을 찍어주기까지 했다. 사람의 목숨은 하나님의 손에 전적으로 달려 있음을 믿는 그는 죽으면 영원히 휴식할 것이니 이 땅에서의 나날들은 봉사하고 의미 있는 일을 하며 사명을 감당하는 것임을 무언으로 보여주고 있다.

그의 업적을 두고 많은 사람은 말한다. "전직 미국 대통령까지 지낸 사람이 이렇게 사소한 일도 하고 저런 봉사도 했다"라고. 또 혹자는 대통령 정도를 지냈기 때문에 주일학교 교사를 하든, 집짓기 운동을 하든 사람들에게 칭송받는 것이 아니냐고 말하기도 한다.

그러나 나는 좀 더 정확히 표현해 "하나님은 그를 당신의 목적대로 쓰시기 위해 한 임기 동안 미국의 대통령을 시켜주셨다"고 말하고 싶다. 《목적이 이끄는 삶》을 쓴 릭 워렌 목사가 주장하는 것처럼 우리 인생은 하나님께서 만세전에 특별한 목적을 가지고 우리를 만드셨기 때문에 우리는 그 목적대로 이 삶을 살아가는 것이 아닌가.

"대통령을 지냈던 지미 카터라는 한 인간이 퇴임 후 멋진 인생을 살았다"라고 이야기할 수도 있다. 그러나 정확하게 말하면 하나님의 목적대로 쓰임받기 위해 땅콩 농장의 아들로 태어난

소년 지미가 대통령이 되게 하시고 그를 바탕으로 본격적으로 쓰임 받는 삶을 살아 오늘에 이르게 된 것이다. 집짓기 운동을 할 때도, 분쟁 지역에 중재자로 나설 때도, 하나님의 말씀을 전할 때도, 그가 전직 대통령이라는 사실 덕분에 많은 사람이 호응하고 모여들어 더 감동했을 것이다. 그의 아름다운 후반전 인생사명을 위한 준비를 시켜주시기 위해 하나님은 그를 대통령으로 허락하신 것이다.

카터 대통령의 삶을 보며 극명하게 알 수 있듯이 우리의 삶 또한 하나님께서 그분의 지으신 목적을 이루며 살기 위해 필요하다면 잠시 성공하게 하신다. 대통령을 시키시기도, 영화배우를 시키시기도, 유명한 작가를 만들어주시기도 하며 말이다.

카터 대통령의 삶을 보며 나의 삶의 사명과 나의 인생행로의 바른 목적을 다시 한 번 곰곰이 생각해보게 됐다.

나는 무엇을 하라고 전 국민이 알아보는 전국적인 유명 뉴스 앵커로 살았던 것일까? 평생 말하며 살았고 공정한 사실을 전해야 하는 뉴스를 진행하며 경력을 쌓았다. 덕분에 국민들의 신뢰감과 무한한 사랑을 얻었다. 지금도 어딜 가든 'KBS 9시 뉴스 진행하던 신은경 앵커'를 기억해주시니 얼마나 감사한지 모른다. 이제 말의 중요성을 절실히 깨달아 강연과 방송과 글쓰기로 사람들의 삶이 변화하도록 동기부여를 해주는 삶을 살고 있다. 지난날 내게 주어진 과분한 칭찬과 사랑에 이제 그 보답을 하고 있다는 생각이 들었다.

암 투병을 알리던 카터 전 대통령은 그 해 겨울, 자신의 암이 완치되었다고 공개적으로 선언했다. 방사선 치료와 흑색종 신약인 키트루다를 투여한 후 암세포의 흔적이 전혀 발견되지 않았다고 한다. 아직 그는 이 세상에서 쓰임 받을 일이 많이 남아 있는 모양이다.

나이 듦에 대한 배려

요즘 지하철을 타고 다니다 보면 젊은 사람이든 나이 든 사람이든 할 것 없이 모두 스마트폰에 얼굴을 파묻고 읽기에 열중하는 모습을 볼 수 있다. 물론 읽기만 하지는 않는다. 게임을 하는 사람, 드라마를 보는 사람도 있을 것이고, 음악을 듣는 사람도 있다. 글을 읽는 사람도 있을 것이다. 종이 책이 아니더라도 e북을 읽을 수도 있고, 자신의 카카오톡이나 페이스북을 통해서 들어오는 지인들의 여러 가지 소식과 온갖 건강정보, 뉴스, 패션 기사 등 읽을거리를 훑어보고 있다.

젊은 사람이라고 해서 반드시 게임을 하거나 드라마만 보는 것이 아니듯, 나이가 좀 드신 분들이라고 해서 게임에 열중하지 말라는 법도 없다. 노인들도 페이스북을 통해 손주들의 사진도 보고, 동창들의 소식을 밴드를 통해 확인해보기도 한다.

이런 모습을 보면서 한 가지 흥미로운 사실을 생각해보게 됐다. 예전 같으면 손바닥만 한 전화기를 나이와 세대 고하 할 것 없이 즐기리라는 것을 상상할 수 없었다는 사실이다. 이러한 현상이 가능해진 것은 아마도 스마트폰이라는 기기가 글씨를 크게 키워 볼 수 있는 기능을 갖춘 장점이 있기 때문이라 생각한다. 젊은 사람들이나 읽을 수 있는 작은 글씨로만 핸드폰을 사용할 수 있다면 아마도 이렇게 편하게 많은 사람들이 스마트폰을 사용할 수는 없었을 것이다.

글씨만 크게 키워 볼 수 있는가? 사진도 크게 확대해 구석구석 자세히 볼 수 있으니 얼마든지 퇴화된 시력으로도 스마트폰을 통해 폭넓은 의사소통이 가능하다. 그런 가운데에서도 섬세함이 무디어진 손가락으로 글자를 찍을 때 오타가 자주 나는 것이나 글자 찍는 속도가 느려지는 것은 어쩔 수 없이 감수해야 하는 것일까? 이런 상황에서 한 단계 더 진보한 전자펜을 사용하게 한다거나, 음성지원이 되는 기기는 더욱 놀랍고 고마울 뿐이다.

1990년대 초반 영국에 공부하러 가 있을 때 하숙집 할머니 댁에는 아주 요상한 전화기가 있었다. 번호 누르는 숫자 버튼이

자그마치 우리 돈 500원짜리 동전만하게 크게 만들어져 있었다. 주인집 루이스 할머니는 크게 숫자가 쓰여 있는 동그란 버튼을 실수 없이 천천히 꾹꾹 눌러 아들에게, 병원 간호사에게, 또 전화회사 직원에게 전화를 하곤 했다.

동네 도서관에 갔다가 또 한 번 놀랐다. 도서관 한편에 큰 글씨 책 코너가 따로 만들어져 있었기 때문이다. 시니어들을 위해 기존에 나와 있는 베스트셀러들을 큰 글씨 판형으로 따로 만들어 돋보기 없이도 읽을 수 있게 해놓은 것이었다. 내게는 언제나 낯선 외국어인 영어를 큰 글씨로 읽으니 왠지 어린이 그림책을 보는 느낌이 들었다. 그 심리적인 안정감 때문에 나도 일부러 빌려다 읽은 적이 있다.

미국에서는 75세 이상 된 노인들을 위해 장애인 주차구역처럼 따로 공간을 마련해놓는 건물도 있다고 한다.

우리나라에서도 요즘은 공항에서 출국절차를 밟는 구간에 시니어들을 위한 통로를 따로 마련해 도움을 주고 있다.

이 모든 것은 나이가 들어도 젊었을 때와 조금도 다름없이 불편함 없이 삶을 누리고 생활하도록 하는 사회적인 배려에서 나온 것이라 생각한다.

외국의 인터넷 사이트를 돌아다녀보면 1990년대 영국에 갔을 때의 신기한 경험들을 생각나게 하는 내용들이 많이 눈에 띈다. 어느 날 갑자기 시니어가 된 사람들을 위한 사이트(Suddenly Senior)도 있고, 50세~55세 이상 된 사람들이 관심을 가지고 볼 수 있는 특별한 잡지(《50 Plus》, 《Fifty-Five plus》)나 웹사이트들도 있다.

나이가 들어 어느 순간에 갑자기 병을 앓게 되거나, 몸을 움직일 수 없게 됐을 때 아무렇지도 않게 생각하던 일상의 일들이 모두 어려워지고 만다. 그때 정말 여러 가지 도움이 필요하다. 내 손으로 옷을 입을 수도 없고 내 손으로 시장을 보아 음식을 할 수도 없게 된다. 이때 집에서 아들, 딸이 만들어준 음식 같은 정성스런 음식을 만들어 배달해준다든가, 병원이나 양로원 요양시설에 들어갈 때 짐 꾸리기 아주 편하도록 모든 옷을 가벼우면서 입기 편하고 빨래하기 좋게 특별히 만들어주는 것이다. 이럴 때 배려하는 사회에서 누리는 삶이란 것이 무엇인지 확실하게 보여준다.

아플 때뿐만이 아니다. 건강한 시니어들이 젊었을 때 못지않게 생활할 수 있도록 환경을 제공하는 것이야말로 이 사회가 시니어들에게 제공할 수 있는 가장 최고의 배려라고 생각한다. 그리 대단한 것이 아니어도 작은 정성과 관심으로 충분히 가능한 일이다.

인생의 대선배들이 열정과 의욕을 잃지 않고 새롭고 재미나게 살 수 있도록 많이 웃고 참여하며, 소통하고 즐길 수 있게 만들어드리는 것이다. 인생의 황금기를 다시 누릴 수 있도록 모든 면에서 나이 듦에 대한 배려가 이 사회에 넘쳤으면 좋겠다.

103세 구당 선생님

구당 김남수 선생님을 알게 해주신 분은 나의 친정어머니시다. 외할아버지가 한의사이셔서 어머니는 자연스럽게 우리나라 전통의학의 효력을 믿고 계셨다. 1990년대 말쯤, 무릎이 아프셨던 어머니는 집에서 그리 멀지 않은 동대문에 침술원이 있는데, 거기 선생님이 용하기가 이를 데 없다고 나를 잡아끄셨다.

머리가 하얗고 몸집이 자그마한 구당 선생은 눈은 반달처럼 웃고 계셨지만 다부진 인상이었다. 그분의 지론은 1뜸 2침 3약. 최고는 뜸이요, 그다음이 침이고 약이라는 것이었다. 보통 병원이라면 한방이든 양방이든 그 병원만의 비법이 있어 자꾸 그 병원을 찾아야만 낫게 되어 있는데, 이곳은 그렇지 않았다. 뜸자리를 다 알려주고, 환자가 직접 쑥뜸 뜨는 법을 배워 집에서 알아서 뜨라는 것이었다.

피부 위에 뜸쑥을 올려놓고 태우는 직구를 사용한다. 좁쌀만하게 뭉친 쑥을 놓고 향불을 붙이면 1~2초가 안 되어 쑥은 호로록 타버리고, 피부엔 바늘로 찌르는 듯한 순간적인 아픔이 남는다. 그리고 피부 속까지 뭉근한 통증이 시원하게 번진다.

뜸이 좋은 이유가 몇 가지 있다. 일단 싸다. 당시 2,000원짜리 쑥 한 통이면 몇 달을 뜰 수 있었다. 둘째, 쉽다. 뜸 봉을 뭉치는 법만 알게 되면 집에서도 선생님이 잡아주신 자리에 뜸을 뜨기만 하면 된다. 한 자리에 다섯 번씩 매일 뜨면 혈액순환이 잘되고, 소화와 배설이 잘되어 피부가 좋아지고 붓기가 내려 건강을 지킬 수 있었다. 아픈 곳이 있으면 바로 그곳을 '아시혈'이라 하여 그냥 그 자리에 뜸을 뜨면 된다. 엄지발가락이 탈이 났을 때도 생인손에도 그 자리에 직접 뜨면 신기하게도 치료가 되었다.

선생님은 환자를 치료하는 중에도 매일 한 번씩 직접 침상에 엎드려 뜸 치료를 받으셨다. 솜씨가 있건 없건 누구든지 시술하도록 해서인지 선생님 등은 마치 거북이 등처럼 온통 뜸 자국으로 덮여 있었다.

어려서부터 의사가 되고 싶었던 나는 건강에 대한 이야기에 관심이 많고, 아픈 사람을 낫게 하는 데 관심이 많다. 더군다나 싸고, 간단하고, 건강을 지킬 수 있는 이 뜸을 널리 알리기 위해 많은 봉사활동을 하고 있다는 것을 알게 되면서 직접 뜸 하는 법을 배워 선생님을 따라 봉사하는 곳에 가보게 됐다.

종로의 어느 경로당으로 봉사를 갔을 때였다. 손가락 관절염으로 열 손가락이 모두 굽어져 펴지지 않는 할머니께 뜸을 떠 드리게 됐다. 열 손가락 관절 마디마디에 촘촘히 뜸을 떠드리고 나자 할머니가 갑자기 "어… 어…" 하시며 손가락을 펴시는 게 아닌가. 나는 너무 놀라 뒤로 도망치듯 구당 선생님을 부르며 뛰어갔다.

"선생님! 기적이 일어났어요. 할머니 손가락이 펴졌어요."

호들갑을 떠는 내게 선생님은 웃으시며 말씀하셨다.

"원래 그런 거예요. 그러나 오래된 병은 온 것만큼 많이 돌아가야 해요. 잠시 좋아지지만 꾸준히 더 오래 치료를 해야지요."

내가 사는 지역 어르신들에게도 치료를 해드리고 싶어 사회복지관에 허락을 받고 구당 선생님과 봉사를 시작했다. 간이침대를 놓고 봉사하실 선생님들이 모이자, 형편이 어려운 동네 주민들이 무료 침·뜸 치료를 받으러 몰려왔다. 뇌경색으로 반신불수가 되어 지팡이를 짚고 다니던 오 여사는 꾸준한 치료 끝에 이제 손을 쓸 수 있게 됐다며 그 손으로 직접 감자를 쪄 와 그 고

마음을 표시하기도 했다. 나중에 누군가 관청에 비난 섞인 민원을 넣어 그곳에서 쫓겨났지만, 이후 교회로 장소를 옮겨서 한동안 많은 분들의 아픔을 계속 치료해주었다.

'과연 뜸이 효험이 있을까요?'라고 의문을 갖는 분이 있다면 구당 선생님의 백수가 곧 답일 것이다.

구당 선생님의 이론에 따르면 일명 '서울대 뜸' 자리라는 곳이 있다. 그곳에 뜸을 뜨면 아이들이 집중력이 생겨 공부를 잘하게 된다는 곳이다. 바로 머리 정수리 부분의 '백회'라는 자리다. 알고도 안 할 수는 없는지라, 딸아이가 시험을 볼 때마다 머리에 뜸을 떠주곤 했다. 그런가 하면 키 크는 자리도 있다. 등 쪽의 '신주'라는 자리인데 아이들의 성장을 도와 무럭무럭 키가 자라게 한다고 했다. 그때 겨우 네 살 된 딸아이 등 뒤로 몰래 가서 뜸 장을 하나 붙이고 불을 붙였다. 바늘로 찌르듯이 따끔하자 아이는 놀라 튀어 도망가기도 했지만, 그 이후에도 몇 번을 더 떠주었다. 정말 뜸이 그런 효과가 있는지 과학적으로 증명할 길은 없지만, 다행히도 그 덕분인지 딸아이는 키가 173cm까지 자랐고, 어엿한 대학생이 되었다.

1915년생 구당 선생님은 100세가 넘은 지금도 뜸을 알리기 위한 일이라면 어디든 찾아 나서고 계시다. 참 쉽고도 간단한 방법이며 값이 싸고도 효과가 놀라워서 합법적으로 많은 국민이 뜸으로 건강하길 바라는 것이 구당 선생님의 소원이다. 선생님의 소원대로 많은 사람이 쉬운 방법으로 기본적인 건강을 누리고 살았으면 좋겠다.

난 젊어봤다.
넌 늙어봤냐?

방송인 김제동 씨는 "웃자고 하는 얘기에 죽자고 덤벼들면 답이 없다"는 절묘한 말을 남겼다. '노인 비하'니 이런 얘기를 꺼내면 같은 맥락에서 평가될까 봐 조심스럽긴 한데 한 번은 짚어보고 싶다.

나는 주말 저녁 개그 프로그램을 즐겨본다. 즐거운 주말 일상이다. 오죽하면 끝나는 시그널이 나올 때 제일 슬프기도 하다. '아 이제 즐거운 주말이 끝났구나' 하는 생각에.

한때 이 프로그램에 노인정의 서열과 권력 잡기 모습을 보여주는 코너가 있었다. 내용인즉, 1939년생 노인이 신입회원으로 들어온다. 먼저 들어와 자리를 잡고 있던 선배들의 입장에선 까

마득히 어린 것에 불과하다. 묻는 말에 대답하면 "아직도 들리네", 눈으로 보이는 것을 가지고 신입이 따지면 "아직도 보이네", 음식을 입으로 가져가면 "아직도 씹네"라고 말한다. 움직이지도 못해 의자 신세를 지고 있는 또 다른 실력자는 말로만 허세를 부릴 뿐 아무 힘이 없다.

나는 정신건강을 위해 코미디 프로그램은 따지지 말고 '무조건 웃고 보자 주의'지만, 가만히 듣다 보니 그냥 웃을 일만은 아니었다. 젊은이들의 눈에는 노인이 저렇게만 보일까? 아무런 힘도 없으면서 소리만 크고 허세만 부리는 사람들? 빨리 무대에서 사라져야 할 사람인데 아직까지 있는 존재? 분장은 꼭 저렇게 지저분하게 해야 할까? 가발을 쓴 머리도 지저분하고 입고 있는 한복도 매무새가 단정하지 못하다. 아무리 희화이고, 노인 문제에 대해 관심을 끌기 위한 목적을 가진 것이라 할지라도 당사자들이 느끼기에 부정적이면 안 하느니만 못하다. 조롱당하고 모욕당하는 느낌일 수 있으니 말이다.

인터넷 커뮤니티나 포털사이트 댓글을 보면 노인을 비하하고 귀찮아하는 글들이 심심치 않게 올라온다. 벌레 충蟲 자를 붙여 노인충이라 칭하며, 무임승차하는 노인 때문에 더 지옥철이라는 이야기를 서슴지 않는다. 일자리 없고 살기 어려운 원인으로 노인에게 화살을 돌리기도 한다. 그러고 보니 정치하는 사람들의 노인 비하 발언은 잊을 만하면 튀어나와 민망하기 이를 데 없다. 지난 대선에서 한 후보가 자신의 장인을 '영감탱이'라 말하여 큰 논란이 됐다. 경상도 출신인 그 후보는 장인을 친근하게 표현할 때 쓰는 그 지역의 말일 뿐이라고 아무리 설명을 해도 이미 대중은 "비하하는 말이다", "패륜이다"라며 화살을 보냈다.

스스로 젊은이들의 지지를 많이 받는다고 생각하는 정당의 국회의원들은 선거 때만 되면 노인들 가슴에 못을 박는 말을 한다. "출마하지 마라", "투표하지 마라", "자녀들은 부모님들 투표 못 하게 온천장으로 여행 보내드려 효도를 해라" 등.

한때 대선주자로도 나섰던 국회의원 J씨. 당시 당 의장으로서 2004년 17대 총선을 앞두고 "60~70대는 투표를 안 해도 괜찮다. 그분들은 투표일에 집에서 쉬셔도 된다"고 말해 노인들의 공분을 샀다. 촉망받는 대선 후보였으나, 이후 웬만해선 정치적 호감도가 회복되지 않는 것 같다.

말도 잘하고 글도 잘 써서 젊은이들 사이에 인기 있는 논객인 전 국회의원 Y씨는 지난 2004년 대학 특강에서 "20년 뒤에 나에게 '저 노인네 언제 고려장 보내나' 해도 원망하지 않겠다. 60대 이후엔 가능한 한 65세부터는 절대로 책임 있는 자리엔 가지 않겠다"고 단언을 했다. 그분도 이제는 환갑쯤일 것이다.

2014년 S 의원은 국정감사장에서 당시 79세의 피감자를 몰아붙였다. "그 나이면 쉬셔야지 왜 일을 하시려고 하느냐, 쉬는 게 상식이다. 한국에서 정년은 60세를 전후로 하고 있고 정년이란 제도를 둔 것은 판단력이 떨어져 쉬게 하는 것"이라고 했다.

조기대선이 있던 2017년에도 P 의원은 선출직 공무원에게 65세 정년을 도입해야 한다고 말했다. "65세 이상은 활력이 없고, 빠르게 변하는 세상에 효율적으로 대응하지 못하는 사람들이기 때문에 피선거권을 박탈해야 한다"는 이 말은 노인 비하 정도가 아니라 비하를 넘어선 막말이라는 반발이 있었다. 노인들이 시위를 하지 못하게 시청역 엘리베이터를 없애버리자고 말한 K 씨도 있다.

그렇지만 김대중 대통령은 70대 후반까지, 미국의 레이건 대통령이나 남아공의 만델라 대통령은 80대 고령에도 존경받으며 대통령직을 수행했다. 우리나라 65세 이상 노인 인구가 전체 인구의 14%에 가까워지고 있다. 0~14세 아동 인구를 추월했다. 통계청에 따르면, 2045년에는 우리나라 노인 인구가 1,800만 명을 넘어 전체 인구 중 35.6%에 달할 것이라고 한다.

나이 들면 입을 닫고 귀만 열라고 했는데, 그것만이 정답은 아니다. 고령화 사회가 되면서 노인 인구가 증가하는 만큼 사람들의 의식변화와 제도개선에 대한 사회적인 고민이 더욱 필요하다. 미디어의 보도 태도 또한 막중한 영향력을 미친다. 최근 기사를 보니 건강보험 중 40%를 노인이 다 쓰고 있다는 내용이 있었다.(2018. 9. 27.) 1,000원 내고 1,600원어치를 쓴다고 했다. 하지만 노인 중에는 자신이 내는 건강보험료도 다 못 찾아먹는 건강한 노인도 있지 않은가? 아무리 팩트와 수치를 말한다 해도 그 원료를 요리하는 방법과 태도가 나쁜 의도라면 그것은 나쁜 뉴스가 되기 마련이다.

이때 노인들이 하는 말이 있다.

"난 젊어봤다. 넌 늙어봤냐?"

어차피 우리는 모두 같은 방향을 바라보며 가고 있다. 조금 뒤에 있다고 함부로 말하거나 행동하는 일을 삼가야 할 것이다.

삶을 언플러그하라

이제 스마트폰은 세상의 모든 뉴스가 다 들어 있는 삶에 꼭 필요한 작은 컴퓨터가 됐다. 2017년의 한 집계에 따르면, 우리나라 전체 5,000만 국민 중 71.5%가 스마트폰을 사용하고 있어 세계 4위의 스마트폰 보급률을 기록했다. 2015년에는 우리나라가 세계 1위였으나 그 후 다소 낮아진 수치다.

국민들의 스마트폰 사용시간은 하루에 평균 2시간 45분. 여성보다 남성이 30분 가까이 더 사용하는 것으로 나타났다. 그리고 나이가 어릴수록 더 많은 시간을 스마트폰 사용에 쓰고 있었다. 50대가 1시간대, 40대가 2시간대, 20~30대는 3시간대, 10대는 4시간 이상을 사용하고 있었다. 60대 이상 인구 중에는 남성 71%, 여성 55%가 스마트폰을 사용하며, 하루에 남성은 49분, 여성은 39분간 사용한다고 한다.

흥미롭게도 스마트폰을 이용한 후 스트레스가 해소되었다(64.3%), 삶의 질이 이전보다 좋아졌다(76.2%)고 긍정적으로 답변하는 사람들도 많은 걸 보면 확실히 우리 삶의 긴요한 한 부분임을 부인할 수 없는 세상이 되었다. 이제 스마트폰 없는 세상은 상상하기 어렵게 되었다.

이렇게 요긴한 스마트폰이긴 하지만 우리 생활의 여러 면에서 부작용이 나타나고 있다. 미래창조과학부와 한국정보화진흥원이 조사한 결과, 스마트폰의 과의존 실태는 청소년층이 다른 연령층에 비해 특히 심각하지만, 60세 이상 노인 100명 중 12명가량도 이미 스마트폰 과의존 위험군에 들어갔다고 경고한다.

스마트폰이 없던 시대에서 불과 몇 년 만에 인구 중 80% 가까이가 손에서 스마트폰을 놓지 못하는 것이 일상이 되었다. 스마트폰 때문에 우리 일상 중 확 달라진 부분은 한두 가지가 아니다. 버스, 전철 안에서는 말할 것도 없고, 길을 걸어가면서도 밥을 먹으면서도 스마트폰에서 눈을 떼지 못한다.

신체적인 영향도 많다. 수면장애, 안구 건조증, 목, 손목, 허리 통증 등을 호소하는 사람이 많았고, 심리적으로는 분노, 짜증, 불안, 우울도 겪는다고 한다. 손바닥 안으로 들어오는 수많은 소식들을 읽고 있자면, 짜증과 분노도 생길 것이고 다른 사람들이 행복하게 잘 사는 모습을 인스타그램이나 페이스북으로 보다 보면 난 도대체 뭐하며 이렇게 살고 있는지 비교하며 우울해질 수도 있을 것이다.

삼성서울병원 전홍진 교수에 따르면, 특히 노안, 손떨림, 관절 질환이 있는 노령층일수록, 짧은 시간 스마트폰을 사용하더라도 더 큰 피로감을 느낀다고 주의를 환기시키고 있다. 실제로 스마트폰을 오래 들고 보면 목이나 손가락 관절, 손목 등에 무리가 갈 수 있다. 장시간 모니터와 같은 디지털 영상기기를 보며 키보드를 두드리는 작업을 할 때 생기는 근골격계 질환이나 안과질환 같은 VDT(Visual Display Terminal) 증후군의 위험도 커지고 있다는 얘기다. 실제로 긴 시간 스마트폰을 들여다보다가 고개를 들면 눈의 초점이 흐려져 갑자기 심각한 시력장애를 느끼는 경우가 많다는 호소도 흔히 듣는 얘기다. 뿐만 아니라 화면에서 나오는 푸른 빛이 뇌를 각성시켜 불면증과 우울증을 유발할 수도 있다고 한다. 각종 건강 관련 정보를 과하게 받아들이다 보니 걱정이 증폭돼 불안, 우울, 건강 염려증적 경향을 보여 정신건강에도 좋지 않은 영향을 끼친다.

이 같은 부작용이 도사리고 있는 만큼 노년층의 경우 스마트폰 사용시간을 제한하는 것이 중요하지만, 사용장소를 가리는 것도 중요하다. 특히 흔들리는 차 안이나 보행 중에 스마트폰을 들여다보는 것은 위험천만한 일이다. 젊은이들은 길을 걸으며 화면을 들여다보다가도 반사적으로 위험을 피할 수 있지만, 실버족은 운전 중이나 보행 중에 스마트폰을 사용하면 큰 사고로 이어질 수 있으니 주의해야 한다. 걸으며 스크린을 들여다보다가 중요한 내용이 보이면 갑자기 그 자리에 멈춰 서기도 하니, 뒤에 밀려오던 사람과 부딪칠 수도 있고 가까이 오는 차량을 인지하지 못할 때도 있다.

그런데도 손에서 스마트폰을 놓지 못한다면, 이 정도 되면 중독이라 할 수 있다. 와이프wife 없이는 하루 종일, 아니 며칠씩 잘 살 수 있어도 와이파이wi-fi가 안 터지는 곳에서는 당장 몇 시간도 답답하기 이를 데 없으니 말이다.

미국에서는 스마트폰 사용 중 눈 건강을 위해 '20·20·20' 규칙을 지키라고 한다. 20분마다 20초 동안 20피트(약 6미터) 떨어진 사물을 바라보라는 것이다. 또한 화면에 집중하다 보면 자기도 모르는 새에 눈을 깜박이지 않아 안구건조증이 생기니 자주 깜박여 눈물로 적셔주라고 권고한다.

실버 세대 중에는 물론 아직도 폴더폰을 고집하는 사람, 카톡도 안 하고 밴드도 안 하고 긴 문자도 잘 안 보내는 사람도 많다. 그렇지만 스마트폰의 재미에 빠져 SNS 활동에 몰두하는 신중년들이 무척 많아지는 추세다. 재미있는 소식과 입맛에 맞는 정치적 소견, 듣기 좋은 음악, 출처를 알 수 없지만 좋은 글들을 열심히 퍼 나른다. 보낼 때는 신기하다 싶어 친한 지인들에게 두루 다 전달하지만, 어떤 사람에게는 벌써 몇 달 전 구문인 경우도 심심치 않게 생긴다. 새로운 기기를 사용하다 보니 신체적인 부작용뿐 아니라 사용 에티켓도 신경 쓰지 않을 수 없다. 새벽 4시에 카카오톡을 보내는 친구들 때문에 무척 피곤하다고 불평하는 실버 세대의 이야기를 들은 적이 있다. 보내는 친구의 입장에서 보면 핸드폰을 왜 잠자리 머리맡에 두는지, 왜 알림음을 켜놓고 자는지 불만이었을 것이다.

스마트폰의 유용함과 그 폐해를 논하기로 하면 아주 긴 이야기가 되겠지만 기술이 발달할수록 인간의 자리, 인간의 정신과 육체는 아무래도 기계에게 빼앗기게 되는 것 같다. 그래서 결론은 발달하는 기계문명 가운데 사람의 자리를 어떻게 지혜롭게 보존하고 향유할 수 있느냐 하는 것이다.

얼마 전 한국을 찾은 저커버그 미디어의 CEO인 랜디 저커버그의 당부가 답일 것 같다. 그녀는 IT 산업의 중요성을 한참 역설하다가, 마지막으로 삶에서의 언플러그Unplug, 단절을 부탁한다. 아마도 다가오는 시대엔 디지털 디톡스가 더 필요한 높은 가치가 될 것이어서, 와이파이 없는 휴양지는 추가로 돈을 지불해야 하는 시대가 올 것이라고 말한다. 무심코 스마트폰으로 가던 손을 잠시 멈추게 하는 얘기다.

나이 든다는 것,
인생의 황금기

65세 이상 노인 숫자가 14세 이하의 유소년보다 많은 노인 추월 시대, 이른바 '고령사회'로 들어서며 한국 사회 곳곳에서 벌어지고 있는 노인차별 세태가 심각한 사회문제가 되고 있다.

언론 보도 기사를 읽으면서 말이 좋아 차별이지 정확히 말하면 '노인 박대하는 사회'라고 제목 붙이고 싶은 심정이었다. 노인들은 지하철에서, 버스에서, 커피숍에서, 식당에서 불평등을 겪었다. 경로석에 자리가 없어 일반 승객 앞에라도 서면 마치 자리를 양보해달라고 비칠까 봐 문간에 몸을 기댄 채 서 있다고 한다.

다리가 아파 천천히 버스에 오를 땐 폭언을 듣기 일쑤고, 짐이라도 있으면 저 뒤로 가라고 면박을 받기도 한다. 실제로 지그재

그로 운행하는 버스에서 넘어진 노인 낙상환자가 생각보다 꽤 많다. 택시를 잡으려 서 있으면 멈추지 않고 지나가는 경우는 다반사다. 그리고 좀 떨어진 곳에서 젊은 승객을 태우더란다.

젊은 사람들이 오는 곳이라고 노인은 오지 못하게 하는 카페도 있다. 카페에 들어가서도 큰 사발 하나만큼 주는 커피가 혼자 마시기 너무 많아 몇이서 나눠 마시려면 눈총을 주기 일쑤다. 얼마 전 들은 얘긴데, 유명 프랜차이즈 카페에서 동창 여덟 명이 커피 세 잔을 주문하고 여분의 컵을 달라고 했더니 물 담아 먹는 스테인리스 컵을 주더란다.

구박은 집에서도 마찬가지다. 귀가 어두워 잘 알아듣지 못한다고 두 번만 다시 물어도 자식들은 입을 다물어버린다. 아예 못 듣는 사람이라고 곁에서 온갖 험한 말도 한단다. 그런 집에 있기가 불편해 경로당에라도 나가면 사회적 지위가 있는 자녀는 그런 곳엔 왜 가느냐고 부모 탓을 한단다.

병원에서도 실버 환자들은 모멸감을 느낀다. 당사자는 증상이 심각해 병원을 찾았건만 아픈 곳을 설명하기도 전에 의사는 대수롭지 않게 답한다. 진짜 괜찮은지, 아니면 나이 들면 다 그 정도는 아프니 참다가 갈 날을 맞으라는 이야기인지 알 수가 없다. 자식들에게도 섭섭하다. 병이 중해 수술이든 시술이든 하겠다 말하면 난색을 표한다. 수술하다 잘못될까 봐 걱정하는 것이면 고맙지만, 그냥 그렇게 아프다가 가실 것이지 무슨 좋은 날을 더 보겠다고 큰 돈 들여 수술하느냐는 표정을 짓기도 한다. 이처럼 노인 실태를 다룬 특집기사와 함께 실린 사설은 저출산이 '발등에 떨어진 불'이라면 고령화는 '온몸에 번진 불'이라 표현했다.

동방예의지국이라 일컬어졌던 대한민국에서 어떻게 이런 험한 일들이 벌어지는 것일까? 아마도 너무 짧은 시간 내에 '고령화 사회'에서 '고령사회'로 들어서버린 것이 그 이유일 듯하다. 그러니 노인 당사자도, 젊은 세대도, 정책을 결정해야 할 나라도 모두가 우왕좌왕이다.

고령사회에 대처하는 준비가 그렇게 간단할 수는 없는 일인데, 우리나라는 겨우 17년 만에 이런 현상이 벌어졌다. 서양의 경우 고령사회로 진입하기까지 100년 이상이 걸렸다고 한다. 나라도, 젊은 세대도, 노년 세대도 당황스럽긴 마찬가지겠지만 각각 할 수 있는 만큼 옳은 길을 향해 노력해야 할 것이다.

나라는 정책을 수립하는 빠른 발걸음으로, 젊은이들은 교육으로 자세를 가다듬고, 노년은 먼저 자기 자신에 대한 태도 변화로 이 시기를 잘 넘겨야 할 것이다.

여배우 제인 폰다가 말하는 노년에 대한 태도는 새로운 시각을 보여준다. 프랑스 감독 로제 바딤과 첫 번째 결혼하고 CNN 회장인 테드 터너와 세 번째 결혼한 것으로 유명한 제인 폰다는 배우로, 반전운동가로, 작가로, 강연자로 많은 활동을 하고 있다. 그녀는 인생을 30년 단위로 제1막, 제2막으로 나누고 60세부터 시작되는 인생을 제3막이라 일컫는다. 올해 80세인 그녀는 자신의 책 제목처럼 제3막인 '황금기'를 어떻게 생각하고 어떻게 보내야 하는지 말하고 있다.

나이 든다는 것은 병드는 것이 아니라, 잠재력이 늘어나고 더 행복해지는 시기다. 제인 폰다는 제3막에 들어서며 지나간 자신에 대해 성찰해보라고 권한다. 실상 생각해보면 내 잘못이라고 생각했던 과거의 많은 일들, 사고, 관계의 불편함들, 실패 등이 사실 당신의 잘못이 아니라는 것이다. 돌아가 자신을 용서하라고 위로의 말을 건넨다.

곧 삶의 질을 결정하는 것은 '현실과 어떤 관계인가'라기보다 그 관계에 대한 '태도'라는 얘기다. 57세에 루게릭병을 앓게 된 작가 닐 셀린거의 이야기를 인용하며 '나이 듦이란 이런 것이다'라고 강조하는데, 새겨볼 만한 글귀다.

내 근육이 약해질수록, 나의 글은 강해졌다.
나는 점차 말을 할 수 없게 되었지만, 나의 목소리를 얻었다.

몸은 점점 쪼그라들지만, 나는 성장했다.

너무 많은 것을 잃었지만, 마침내 나는 나 자신을 찾게 됐다.

나이 든다는 것,

내 인생 황금기의 시작이다.

기다림과 기대는 얼마나 가슴 설레는 것인지. 누가 묻지도 않았는데 요즘 자주 이렇게 말했다.

"제가 지금 책을 하나 쓰고 있어요. 올해가 가기 전에 나올 거예요."

그릇에 물이 가득 차면 저절로 넘치게 되어 있다. 기쁨도 슬픔도 마음에 가득 차면 흘러넘치는 것이 자연스런 이치다. 한 해를 보내면서, 그것도 60년을 꼬박 산 마무리 시점에 나이 듦을 생각해보는 글을 모은 것은 내게 아주 큰 의미가 있다. 그 기쁨과 기대가 가득 차고 흘러넘쳐 말하지 않고는 견딜 수가 없었나보다.

얼른 나이 먹고 싶었던 때가 있었다. 마음껏 꿈을 펼치기엔 너무 어린 나이라고 생각했던 시간이었다. 그런가 하면 시간이 너무 빨리 지나가는 것이 아쉽고 안타까운 시절도 있었다. 이제 지나가면 다시는 올 수 없는 소중한 순간이라는 걸 깨닫고 한없이 붙잡고 싶기만 했던 시간이었다. 그러나 이제 와 돌아보니 그 어느 때나, 그때 그때 그 나이가 나이테처럼 나를 감싸 안아주고 위로했다는 것을 발견하게 되었다.

제 나이만큼의 속도로 인생은 달린다고 하는 말에 이제는 고개가 끄덕여진다. 숨 가쁘게 살아야 했던 스무 살에도 이른 나이는 나에게 힘이 되었고, 잘 익은 과일 같은 서른에도 내 나이가 나를 안아주었다. 시속 60킬로로 달리는 지금 내 삶도 푸근하다. 꽤 능숙해진 나의 운전 실력이 60킬로로 달리는 이 삶을 충분히 감싸 안아주고 있기 때문이다.

이 책을 끝까지 읽은 독자들은 지금 어떤 마음일까 궁금하다. 글쓰기를 마친 나의 마음과 같을까?

'아, 이렇게 평범한 아주머니도 평범한 생각을 글로 쓰는구나. 그래도 되는구나. 나도 살면서 떠오르는 생각을 기록해보면 어떨까' 하는 생각을 독자가 하게 된다면 그보다 더 뿌듯한 보람이 없을 것 같다.

30년 전 《음악여행》이라는 번역서를 함께 작업한 인연으로 알게 된 권대웅 대표에게 감사한다. 내 원고를 읽어보고 즉각 손 내밀어준 덕에 오롯이 한 권의 책으로 모습을 갖추게 되었다. 그의 빠른 판단력과 정확한 통찰력 덕분이다. "읽을수록 더 좋은 글이에요"라고 나를 격려하며 원고를 채근한 이효선 편집주간에게 고마운 마음 전한다. 기분 좋은 글 재촉이란 이렇게 하는 것이구나 하는 것을 배웠다. 지난 5년 동안 신문지면을 할애해 나의 졸고를 실어준 〈백세시대신문〉에 고마움을 전하고 싶다. "재미있게 읽고 있어요" 하며 틈틈이 격려해주신 오현주 편집주간의 덕으로 글쓰기의 예금잔고를 채우며 오늘까지 왔다고 생각한다.

맨 처음, 칼럼 원고를 한번 모아보라고 격려한 남편에게 깊은 감사를 전하고 싶다. 그는 내 마음 안의 태양이다. 그리고 하나님이 내게 주신 귀한 선물, 나의 소중한 딸 혜리에게 이 책을 선물로 주고 싶다. 찌는 듯한 더위로 몸살을 앓았던 지난여름 막바지 원고를 쓸 때, 그리고 마지막 책의 제목과 표지를 고를 때까지 함께 해주며 엄마의 '제2의 이력'을 응원해준 고마운 딸이다.

그리고, 이 책을 읽어주실 많은 독자들에게 미리 감사한다.

12월 늦은 생일인 나는 태어난 지 일주일 만에 해가 바뀌고 우리 나이로 두 살이 되었다. 환갑 생일선물로 책을 품에 안게 되었다. 잔치를 해야겠다. 권대웅 시인의 말처럼 인생은 잔치니까. 잔치국수를 먹어야겠다.